Hundeverbot

Umschlagsfoto:

„Fahrrad auf dem Deich"

Marion Scheer (2018)

Hundeverbot

Lina Eichhorn ermittelt in

Norden-Norddeich

Kriminalroman von Marion Scheer

2002/2019

Bibliografische Information der Deutschen Nationalbibliothek: Die Deutsche Nationalbibliothek verzeich-
net diese Publikation in der Deutschen Nationalbibli-
ografie; detaillierte bibliografische Daten sind im
Internet über dnb.dnb.de abrufbar.

Herstellung und Verlag:
BoD – Books on Demand, Norderstedt
ISBN: 9 783748 193562

Zur Autorin

Marion Scheer wurde 1952 in Düsseldorf geboren. Im Anschluss an eine Banklehre und einige Jahre als Sachbearbeiterin bei einer Düsseldorfer Großbank, studierte sie Mathematik, Geografie und Geschichte auf Lehramt. Sie lebt und arbeitet seit fast vierzig Jahren an der ostfriesischen Nordseeküste und ist mehrfache Mutter und Oma. Solange sie schreiben kann, betreibt sie in ihrer Freizeit die Schriftstellerei. Dabei verarbeitet sie vorwiegend tatsächliche Begebenheiten und Erlebnisse zu Fantasiegeschichten. Leider verhinderten mehrere schwere Schicksalsschläge, dass ihre Romane schon früher veröffentlicht wurden.

Heute lebt die Schriftstellerin mit ihrem jetzigen Ehemann zurückgezogen in der Nähe von Emden.

Kontakt: mascheer@gmx.net

Kapitelübersicht

I

In Norden

Der April machte seinem Namen wieder einmal richtig Ehre, als Lina Eichhorn in Norden eintraf. Sie fuhr gerade auf den Parkplatz neben dem Polizeirevier und suchte verzweifelt nach einer geeigneten Lücke für ihren Wagen, da wurde ein sintflutartiger Regenguss blitzartig von strahlendem Sonnenschein abgelöst. Es hob ihre Stimmung, dass sie nun vollkommen trocken in die Amtsstube gelangen konnte.

Trotz des zu bearbeitenden Tötungsdeliktes, ließ sich auf dem Norder Revier scheinbar niemand aus der Ruhe bringen. Sie musste einige Minuten warten, bis der diensthabende Beamte hinter der Glasscheibe Zeit für sie hatte. Dann ging aber alles doch ziemlich zügig vonstatten. Er prüfte ihren Dienstausweis, führte ein kurzes Telefonat, betätigte den Öffner für die Durchgangstür und bat sie in der zweiten Etage einen Kollegen namens Schumann aufzusuchen.

Das Gebäude war ziemlich alt. Mit ihren hohen Hacken hatte sie einige Schwierigkeiten auf den ausgetretenen Stufen elegant und schnell nach oben zu gelangen. Eine junge Polizistin kreuzte, eine Teekanne in der Hand, ihren Weg und grüßte kurz. Frau Eichhorn hatte das Gefühl, dass sie etwas mitleidig von ihr beäugt wurde. Endlich erreichte sie die zweite Etage. Gleich am Anfang des Ganges fand sie ein Schild mit der Aufschrift 'Kommissar Schumann'. Die Tür daneben stand einladend offen.

Lina Eichhorn klopfte trotzdem vorsichtshalber auf den schlecht gestrichenen Türrahmen und trat dann ohne Zögern ein. Das Zimmer war hell und gemütlich. Aus dem Doppelfenster konnte man über den Marktplatz auf die Ludgerikirche sehen. An einem großen mit Papieren förmlich überhäuften Schreibtisch saß ein freundlicher älterer Herr.

"Moin, Frau Eichhorn! Na, Sie bringen uns ja den Sonnenschein ins Haus." Er erhob sich schwerfällig von seinem Schreibtischstuhl und kam auf sie zu. Seine Augen unter dicken buschigen Brauen zwinkerten lustig, als er freundschaftlich ihre Hand drückte.

Hauptkommissarin Eichhorn war erleichtert, diesen netten Kollegen hier anzutreffen. Sie erinnerte sich gleich daran, dass sie ihm schon einmal begegnet war.

"Schönen guten Morgen, Kollege Schumann. Wir kennen uns doch von einer dieser ätzenden Fortbildungs-Veranstaltungen in Hannover, wenn ich mich nicht irre."

"Ja, jetzt erinnere ich mich. Das ist schon einige Zeit her. Wir hatten damals aber mordsmäßig Spaß. War das nicht irgendwas mit Computer? - Hasse ich bis auf den heutigen Tag, diese Dinger!"

Er kratzte sich nachdenklich am Kinn und ließ sich wieder auf den Stuhl fallen. Unter seinem nicht unbeträchtlichen Gewicht ging das strapazierte Möbelstück stark quietschend in die Knie.

Seine attraktive Kollegin aus Oldenburg nahm ihm gegenüber auf einem der Besucherstühle Platz, nachdem sie ihren Regenmantel achtlos irgendwo abgelegt hatte.

Kommissar Schumann kramte unter einem Aktenstapel einige Papiere hervor, die für den zu bearbeitenden Kriminalfall relevant waren und begann ohne aufzuschauen sehr konzentriert vorzulesen:

"Weibliche Leiche ohne Papiere, bekleidet mit dunkelgrauem Jogginganzug der Marke Adidas, passenden Sportschuhen desselben Herstellers, Regenjacke gelb mit roten Streifen und roter Wollmütze, ohne Ausweispapiere. Unweit der Leiche wurde ein Damen Hollandfahrrad sichergestellt.

Fundort der Leiche: Deichvorland in Höhe der Gemarkung Westerloog auf dem geteerten Befestigungsstreifen. Gesicht der Leiche stark deformiert und blutüberströmt, rechtes Hosenbein und Teile der übrigen Kleidung zerrissen, mehrere Fleischwunden.

Soweit der Bericht der beiden Polizisten, die den Tatort nach einem Anruf aus der Bevölkerung als erste in Augenschein nahmen." Der Kommissar blickte auf und rückte seine Brille leicht zurecht.

Seine Kollegin nutzte die Pause, um ihm zu erklären, dass sie bereits im Groben über den Fall informiert sei, aber sich für die neuesten Laborbefunde und sonstige Hinweise der Abteilung Spurensicherung oder auch der möglichen Zeugen interessiere.

"Ja, ja!" Er nickte zustimmend und gleichzeitig beschwichtigend. "Natürlich brauchen die Untersuchungen immer ihre Zeit. - Aber wem sag ich das! - Sie sind ja schließlich die Fachfrau aus Oldenburg. Mit Ihrer Unterstützung werden wir Dorftrottel dann doch sicher schnell alles auf den Streifen kriegen - wie man so sagt." Er grinste breit aber nicht die Spur unverschämt.

Lina war nicht beleidigt. Sie kannte die Probleme aus langjähriger eigener Erfahrung, wenn aus Gründen der Unterbesetzung einzelner Außenreviere Kriminalbeamte aus der nächsten größeren Stadt abkommandiert wurden. Es war weder für die Beamten vor Ort noch für die fremden ein besonderes Vergnügen. Aber bei komplizierten Kapitalverbrechen war es üblich, Sonderkommissionen zu bilden, deren Mitglieder aus verschiedenen Kriminalkommissariaten zusammengewürfelt wurden.

Sie lächelte sehr freundlich zurück und sagte schelmisch: "Die längere Diensterfahrung dürften Sie ja wohl haben, außerdem sind Ihnen die Verhältnisse in Norden und Umgebung besser vertraut als mir. Aber ich will mich natürlich kräftig bemühen, hier gute Arbeit zu leisten."

Er senkte sichtlich zufrieden wieder sein graues Haupt und wanderte mit dem Blick über die Papiere. "Wir haben die Anruferin genauestens überprüft. Sie ist vollkommen unverdächtig, hat keinen Hund und war nur Joggen. Sie konnte leider nichts zur Aufklärung beitragen. Die Identität der übel zugerichteten Frau ließ sich verhältnismäßig schnell klären, weil sie schon am Mittag von ihrer Familie als vermisst gemeldet wurde. Sie wohnte nur etwa fünf Kilometer vom Tatort entfernt und war eine harmlose Radfahrerin. Hinterlässt drei Kinder, das jüngste ist gerade mal fünf Jahre alt und einen kranken Mann, der im Rollstuhl sitzt. Böse Sache das ganze, verflixt böse Sache!"

Er kratzte sich erneut am Kinn. Dann begann er behäbig in dem Papierwust zu graben bis er ein weiteres dicht beschriebenes Blatt in den Händen hielt. Nach einem langen prüfenden Blick, entschied er sich dafür, dieses Schriftstück seiner Kollegin zur eigenen Lektüre hinüberzureichen. Wahrscheinlich war es ihm zu mühselig alles laut vorzulesen.

Die Hauptkommissarin hatte abwartend dagesessen, ohne den älteren Kollegen mit weiteren Fragen zu bedrängen und dadurch möglicherweise zu irritieren. Jetzt nahm sie erleichtert den

Bericht des Gerichtsmediziners entgegen, aus dem der vermutete Todeszeitpunkt und die Todesursache hervorgingen. Sie las zügig und sehr interessiert, dass die vierzigjährige Frau am Montagmorgen letztendlich durch einen Genickbruch zu Tode gekommen sei. Die blutenden Fleischwunden stammten aller Wahrscheinlichkeit nach von Hundebissen. Vermutlich sei die Radfahrerin von einem oder mehreren Hunden angefallen und dadurch auf einen der großen Steine gestürzt, die als Wellenbrecher der Deichsicherung dienten. Durch den Aufprall sei der Genickbruch verursacht worden.

Frau Eichhorns scharfer Verstand begann sofort zu kombinieren und den Fall in alle Richtungen zu durchleuchten. Nach einem geplanten Mord sah die Sache im Augenblick nicht gerade aus. Aber in diesem frühen Stadium war ein Irrtum erfahrungsgemäß noch leicht möglich. Sie wandte sich an ihr Gegenüber, um das weitere organisatorische Vorgehen zu besprechen. Sie brauchte einen Platz, wo sie ungestört arbeiten konnte und ein Quartier für den Aufenthalt, da sie nicht beabsichtigte, dauernd zwischen Oldenburg und Norden zu pendeln.

Der Kollege Schumann war, trotz seiner umständlichen Art, kooperativ und sehr hilfsbereit, so dass die Grundvoraussetzungen für Lina Eichhorns Ermittlungsarbeiten bald geschaffen waren. Das kleine Büro wirkte zwar etwas verstaubt aber durchaus anheimelnd. Der unverzichtbare Computer und ein Telefon waren vorhanden, damit stellte sie sich zufrieden. Die Unterstützung der Norder Beamten, soweit sie abkömmlich waren, wurde ihr ausdrücklich zugesichert.

Auch die Unterbringung machte keine großen Probleme. Da die Ostersaison bereits vorbei war, fand Frau Eichhorn schnell ein sauberes Zimmer mit Frühstück in der Nähe des Tatortes. Die Vermieterin war sichtlich erfreut, dass sie die Kriminalbeamtin beherbergen durfte, wahrscheinlich nicht nur wegen der unerwarteten Zusatzeinnahme in der Nebensaison.

Die große verhärmte Frau kochte extra Tee für ihren unverhofften Gast. Die Hauptkommissarin nahm gerne in der einfachen blitzsauberen Küche Platz und ließ sich das anregende Getränk nach den vorausgegangenen Anstrengungen munden.

Während die Vermieterin schleppend übers Wetter redete, funkelten im absoluten Gegensatz dazu ihre beinahe grasgrünen Augen aufgeregt in Erwartung eines kleinen Informationshäppchens, dass sie stolz an ihre Nachbarinnen weitergeben könnte. Aber Lina Eichhorn schlürfte nur ihren Tee und nickte ab und zu freundlich. Sie war in Gedanken so bei ihrer Arbeit, dass sie dem Wetterbericht der Frau Eilers weiter keine Beachtung schenkte.

Dann blickte sie die einfach strukturierte Frau plötzlich so unvermittelt an, dass diese erschreckt zusammenzuckte, rot anlief und beinahe die geblümte Teetasse fallen ließ.

"Haben Sie hier einen Hund?", platzte es aus ihr heraus.

"Ja, ja!", stotterte Frau Eilers verwirrt, als würde sie verhört. "Wir haben einen kleinen Mischlingshund. Der ist aber ordnungsgemäß angemeldet und auch ganz brav. Was ist mit dem Hund? Haben Sie vielleicht eine Allergie?"

Die Hauptkommissarin bemerkte, dass ihr Ton etwas unangemessen gewesen war. Schließlich handelte es sich bei der Vermieterin nicht um eine Verdächtige, obwohl streng genommen im Moment jeder Hundebesitzer aus der Gegend verdächtig sein konnte.

„Wenn Sie nichts dagegen haben, würde ich ihn mir nachher für einen kleinen Deichspaziergang einmal ausleihen. Ich muss nämlich die Gegend etwas erkunden", erklärte sie freundlich.

Die Frau nickte erleichtert, fügte dann aber in schulmeisterlicher Manier hinzu: "Auf dem Deich dürfen sie mit dem Hund nicht laufen. Das ist wegen der Schafe und Vögel verboten. Die Hunde jagen. Das ist eben ihre Natur. Und dann sollen wohl auch die Haufen für Schafe gefährlich sein, wegen irgendwelchen Krankheiten."

Das ließ Frau Eichhorn aufhorchen.

"Ach, Hunde sind auf dem Deich verboten? Ist das überall in dieser Gegend so?"

Die Vermieterin nickte.

"Dann werde ich erst einmal ohne Ihren Hund losgehen. Aber vielleicht brauche ich ihn irgendwann doch noch einmal. Wenn Sie dann so freundlich sein möchten."

Sie verließ die Teetafel mit herzlichem Dankeschön und zog sich für den Erkundungsgang um. Ohne den Tatort selbst genau in Augenschein genommen zu haben, fühlte sie sich wie ein blinder Zuschauer in der Theaterloge.

Der Tatort

Mit wetterfester Kleidung ausgerüstet, stapfte die Hauptkommissarin unentwegt gegen eine steife Nordwestbrise in Richtung Deich. Ihr Quartier lag glücklicherweise nur etwa zweihundert Meter von ihrem Ziel entfernt. Genüsslich ließ sie die gesunde frische Luft durch ihre Lungen pusten und vergrub die Hände tief in den Taschen. Dort ertastete sie einen leicht zerdrückten Müsliriegel. Er erinnerte sie daran, dass sie noch nicht besonders viel gegessen hatte. Also knabberte sie ihn für den Rest des Weges auf, ohne das geringste davon zu schmecken. Das Papier steckte sie sehr sorgfältig wieder ein, denn sie hasste nichts mehr, als in der Landschaft herum liegenden Müll.

An der Stelle, wo die Straße auf den Deich traf, gab es zwei Zugänge. Beide Törchen waren mit Hundeverbotsschildern und entsprechenden Erklärungen der Deichacht versehen. Lina Eichhorn entschied sich dafür, statt des geteerten schräg angelegten Weges die steile Treppe zu benutzen. Das Eisentor quietschte jämmerlich in den Angeln und schlug hinter ihr selbsttätig mit lautem Krachen ins Schloss. Sie schien an diesem Vormittag hier am Deich völlig allein zu sein. Schnell nahm sie die Stufen und hatte bald den höchsten Punkt des künstlichen Schutzwalls erreicht. Zum Wasser hin fiel er seichter ab, um den Wellen beim Auflaufen die Kraft zu nehmen.

Sie wusste bereits aus dem Schulunterricht, dass Deiche Wunderwerke physikalisch mathematischer Berechnungen waren. Damit sie als Schutz vor Überflutungen erfolgreich wirkten, mussten sie vor allem sehr haltbar sein und hoch genug. Um den Erdwall vor Erosion zu schützen, ließ man Gras darauf wachsen, das von Schafherden kurz und gesund gehalten wurde. Nur am Deichfuß dienten in Teer eingelassene Steine als Befestigung und Wellenbrecher.

Das führte sie unvermittelt zu ihrem aktuellen Fall zurück. Auf einem dieser scharfkantigen Steine war die bedauernswerte Frau zu Tode gekommen.

Es dauerte nur wenige Minuten bis sie die Reste der rotweißen Absperrungsmarkierung erreichte. Das Blut der Verstorbenen klebte noch an der Steinkante, sodass Lina Eichhorn sicher sein konnte, den Fundort der Leiche vor sich zu haben. Vorsichtig näherte sie sich und schaute dabei sehr intensiv nach Spuren, die von den örtlichen Beamten vielleicht übersehen oder als nicht wichtig erachtet worden waren. Sie wusste aus ihrer langjährigen Erfahrung, dass dies trotz aller Akribie, mit der Tatorte inzwischen untersucht wurden, doch immer wieder vorkommen konnte.

Sie zog das Foto der Leiche aus ihrer Jackentasche. Der Anblick war verstörend, nicht nur, weil der plötzliche gewaltsame Tod ihr von solchen Tatortabbildungen immer entgegenblickte. Hier war das Opfer regelrecht zerfleischt worden. Und was die Hundebisse nicht bewirkt hatten, wurde postmortal von Möwen erledigt, die sich an der Leiche gütlich getan und ihr dabei unter anderem die Augen ausgepickt hatten.

Dass sie noch solches Entsetzen spüren konnte, obwohl sie schon jahrelang mit allen Formen von Gewalt und Verbrechen vertraut war, schob sie darauf, dass dies eine Frau in ihrem Alter gewesen war und die Situation, in der sie aus dem Leben gerissen wurde, profaner nicht hätte sein können.

Da bricht eine ganz normale Ehefrau und Mutter zu einer kleinen Radtour auf und kehrt nicht mehr davon zurück.

Mitten in ihren Betrachtungen rutschte die Hauptkommissarin plötzlich aus und hätte sich fast auf den Hosenboden gesetzt, weil sie auf dem abschüssigen grasbewachsenen Deich nicht sofort das Gleichgewicht wiederfand.

„Oh, Mist!" sagte sie laut und besah sich ihren linken Schuh, der in einem großen Hundehaufen steckte. Ihren Ekel unterdrückend kramte sie ein Papiertaschentuch hervor, um den gröbsten Dreck zu beseitigen. Die Sohle ließ sich im feuchten Gras oberflächlich abstreifen, aber die Schuhspitze hatte auch etwas abbekommen. Sie war froh, älteres rustikales Schuhwerk für die Arbeit im Gelände mitgenommen zu haben.

Während der unangenehmen Reinigungsbemühungen, die von einem penetranten starke Übelkeit erzeugenden Gestank begleitet waren, kam ihr plötzlich in den Sinn, dass der Hundekot eventuell von einem der beteiligten Tiere stammen könnte. Sie zog also einen ihrer Plastikbeutel, die sie für Beweisstücke eingesteckt hatte, aus der Jackentasche und legte das völlig verdreckte Tuch vorsichtig hinein. Falls der Hund dingfest gemacht werden konnte, wäre der Beweis seiner Anwesenheit auf dem Deich damit vermutlich zu erbringen.

Sie fand nichts weiter außer einem goldenen Bonbonpapier einer sehr bekannten Marke und einer etwas entfernt liegenden Zigarillo-Kippe, die natürlich überhaupt nichts mit dem Fall zu tun haben mussten, von ihr aber trotzdem vorsorglich eingesammelt wurden. Die drei Beutelchen mit den möglichen Beweisstücken verschloss sie sorgsam und verstaute sie in der Jackentasche neben dem Müsliriegelpapier.

Sie musste sich wohl oder übel so schnell wie möglich mit der Familie der Getöteten beschäftigen, weil sie sonst keinerlei Anhaltspunkte für eine Aufklärung des Falles hatte. Glücklicherweise hatte sie am Tatort wie gewöhnlich Einmalhandschuhe getragen, sodass ihre Finger vom Hundekot verschont geblieben waren.

Sie hätte hier am einsamen Deich schwerlich eine Gelegenheit gefunden, sich die Hände zu waschen, obwohl das Meer ja unmittelbar vor ihrer Nase lag. Erstens war gerade Ebbe, oder Niedrigwasser, wie die hiesige Bevölkerung das nannte, und das Wasser hatte sich fast bis zum Horizont zurückgezogen. Und zweitens war der

Deich gegen die in regelmäßigen Abständen an- rollenden Flutwellen durch die in Teer gelegte dicke Steine geschützt. Lina hätte es nicht ge- wagt, diese glitschige stark abschüssige Schräge hinunter zu schlittern, um sich die Hände in einer der kleinen Pfützen, die hier und dort auf dem schwarzglänzenden Wattboden übriggeblieben waren, abzuspülen. Wahrscheinlich wäre sie hin- terher weitaus schmutziger wieder herausge- kommen.

Sie ging also zur Straße zurück und rief bei der Norder Polizeiwache an, um einen Wagen herbeizuordern. Der Kollege am Telefon war dienstbeflissen und versprach, dass der in Nord- deich stationierte Polizeibeamte sie schnellstens mit dem Dienstfahrzeug abholen würde.

Die Familie

Ein junger Kollege von der Streife brachte sie zügig mit einem Polizeiwagen zu der Adresse der Getöteten. Es war eine derart kurze Strecke, dass es kaum zu einer Unterhaltung zwischen ihnen kam. Der Bursche schien aber pfiffig zu sein und war ihr auf Anhieb sympathisch. Sie bat ihn bei ihrer ersten Begegnung mit der Familie dabei zu sein. Es war immer von Vorteil, einen aufmerksamen Beobachter bei einer Befragung im Hintergrund zu wissen.

Das Haus des Opfers lag abseits der Küstenstraße an einem holprigen Pfad, der zum Deich führte. Die Gegend nannte sich Osterpolder, wie sie einem Ortsschild entnommen hatte. Es handelte sich um einen sehr ländlichen dünn besiedelten Ortsteil von Norden. Ihr Blick wanderte ungehindert über ausgedehnte Felder und im Hintergrund erhob sich wie eine gezogene Linie der Deich am Horizont.

Es hatte leider wieder zu regnen begonnen, und sie standen im Eingang des alten Klinkerhauses im eiskalten Wind. Erst nach dreimaligem Läuten öffnete sich die schwere Eichentür zögerlich. Ein Mädchen von etwa zehn Jahren schaute ihnen aus einem verheulten Gesicht misstrauisch entgegen.

„Wir sind von der Polizei und würden gern mit deinem Vater sprechen. Dürfen wir reinkommen?", sprach die Hauptkommissarin die Kleine freundlich an. Das Mädchen tauchte einen Zeigefinger in seine rotblonde Lockenpracht und begann verlegen an einer Haarsträhne zu zwirbeln, während es den uniformierten jungen Mann mit offenem Mund ängstlich anstarrte.

„Hallo, junge Dame!", rief Lina nun etwas ungeduldig. „Wir sind gleich völlig durchnässt. Ist dein Vater zu sprechen oder ist er nicht zuhause?"

„Was ist dort los?", drang eine ungeduldige Männerstimme aus dem Innern des Hauses und gleich darauf folgte ein polterndes Geräusch.

Das Mädchen zuckte zusammen und gab sofort die Tür frei, um die Beamten eintreten zu lassen. Dann rannte sie vor ihnen her durch das angrenzende Zimmer. Fokko, so hieß Linas Begleiter, schloss die Tür und mit einem Mal umhüllte sie Wärme und Geborgenheit.

Das große alte Haus war in gut renoviertem Zustand und sehr gemütlich eingerichtet. Das Zimmer, welches sie als erstes betraten, schien der zentrale Wohnraum zu sein. Es war der Einrichtung anzumerken, dass hier eine große Familie mit Kindern lebte. Alles wirkte praktisch und benutzt. Dies war keine Vorzeigestube, wie Lina schon viele gesehen hatte, sondern ein Lebensraum. Trotzdem herrschte Sauberkeit, Ordnung und Schlichtheit in einem angenehmen Sinne.

Lina fühlte sich spontan sehr wohl in dieser Umgebung. Auch die Pastellfarben, in denen die Wände und Vorhänge gehalten waren, sprachen sie an. Der Fußboden war mit warmroten Fliesen belegt, passend zu den typisch geklinkerten Außenmauern des Hauses. Sie und ihr Kollege standen abwartend in dem von einem Kachelofen beheizten Raum und warteten auf den Hausherrn. Es roch schwach nach verbranntem Holz gemischt mit dem ganz speziellen eigenen Duft dieser Familie.

Das Mädchen war ohne ein erklärendes Wort in einem der benachbarten Zimmer verschwunden und hatte die teilweise verglaste Tür hinter sich krachend ins Schloss geworfen.

„Kommen Sie, Fokko, wir setzen uns hier an den Esstisch. Wer weiß, wie lange es dauert, bis der Herr Siebert hier erscheint", sagte Lina und zog sich auch schon einen Stuhl hervor, um darauf Platz zu nehmen.

Genau in diesem Moment öffnete sich diese Tür wieder und ein Rollstuhlfahrer bewegte sich langsam auf sie zu. Lina schätzte den kahlköpfigen Mann auf ungefähr fünfzig Jahre, aber die Krankheit konnte ihn auch älter erscheinen lassen. Außerdem hatte der plötzliche tragische Verlust seiner Ehefrau bestimmt keine positive Auswirkung auf sein Erscheinungsbild. Er sah übernächtigt aus und war unrasiert. Seine dunklen Augen enthielten keinen Funken Leben, sondern blickten leer und mit einem unverhohlenen Misstrauen auf die unverhofften Besucher. Die rechte Augenbraue war seitlich hochgezogen, was dem Gesicht einen etwas diabolischen Ausdruck gab.

„Sie sind von der Polizei, sagte meine Tochter?" Er wirkte sichtlich verärgert. „Was gibt es denn noch?"

„Ja, wir kommen von der Kripo und untersuchen den unnatürlichen Todesfall Ihrer Frau. Mein Name ist Lina Eichhorn und dies ist mein Kollege Herr Claassen", erwiderte die Hauptkommissarin sehr freundlich und erhob sich, um dem Mann die Hand zu reichen.

Er streckte ihr zögerlich seine Linke entgegen und murmelte: „Die Rechte tut's nicht mehr. Muss auch so gehen…"

„Zunächst möchte ich Ihnen und Ihren Kindern natürlich unser tief empfundenes Mitgefühl aussprechen. Wir können uns vorstellen, dass Sie diesen so plötzlichen Verlust noch gar nicht richtig realisieren konnten. Dennoch wäre es für die Aufklärung des Falles sehr wichtig, wenn Sie uns einige Fragen beantworten würden." Lina Eichhorn konnte sich denken, dass die Familie noch unter Schock stand und versuchte möglichst sensibel vorzugehen.

Herr Siebert hatte den Kopf gesenkt und antwortete nicht. Plötzlich schaute er sie durchdringend an und meinte mit fester Stimme voller Überzeugungskraft, die keinen Widerspruch duldete: „Das kann sich keiner auch nur annähernd vorstellen, was der Tod meiner Frau für uns bedeutet!" Dann rollte er energisch zum Tisch und wirkte für die Befragung bereit.

„Wir müssen den Todestag Ihrer Frau genau rekonstruieren, deshalb wäre es schön, wenn Sie uns sagen könnten, was Sie darüber wissen. Darf ich Ihre Antworten aufzeichnen als Gedächtnisstütze?" Lina hatte das kleine Aufnahmegerät bereits auf den Tisch gelegt.

Der Mann nahm es kurz in Augenschein und nickte mit dem Kopf. Nachdem die Hauptkommissarin es eingeschaltet hatte, fragte sie konkret: „Wann ist Ihre Frau an dem Morgen aufgestanden und was hat sie gemacht, sofern Sie es mit Bestimmtheit sagen können."

„Barbara steht jeden Morgen um halb sechs auf. Dann klingelt ihr Wecker. Ich kann es immer hören, weil ihr Zimmer neben meinem liegt und wir die Türen jede Nacht offen lassen. Sie will es so. Sie hat Angst, dass ich ihr nachts wegsterbe." Er hüstelte. Es schien ihm aufzufallen, dass er im Präsenz geredet hatte. Dann stieß er einen Lacher aus, der Luzifer in der Hölle das Fürchten hätte lehren können.

Lina Eichhorn ging dezent über den Gefühlsausbruch hinweg und fragte weiter: „Wie war an dem speziellen Tag der genaue Ablauf?"

„Es war eigentlich ein ganz normaler Montag. Die Kinder – jedenfalls die beiden ältesten – mussten zur Schule und die Kleine in den Kindergarten. Also machte meine Frau das Frühstück für alle. In der Zwischenzeit kam mein Pfleger für die Versorgung am Morgen. Wir saßen dann alle um viertel vor sieben am Frühstückstisch. Maren und Bastian verschwanden pünktlich zum Schulbus und um acht Uhr brachte meine Frau die kleine Laura mit unserem Wagen zum Kindergarten nach Norddeich." Er machte eine Pause und räusperte sich. Seine rechte Hand war seitlich herabgefallen. Unwirsch ergriff er den rechten Ellenbogen mit der Linken und zog sie wieder in seinen Schoß.

„Es war also ein Tag wie jeder andere? War Ihre Frau wie immer oder wirkte sie verändert, bedrückt oder euphorisch? Fuhr sie öfter allein mit dem Rad in der Gegend herum oder hatte sie etwas zu erledigen?", drang Lina in den Mann.

Er sah sie lange und sehr nachdenklich an. Dann antwortete er: „Barbara war ein Gewohnheitsmensch. Das sind die zuverlässigsten. Es hat mir an ihr gefallen, dass sie nur wenig Spontanität besaß. Verlässlich und berechenbar – ja das waren ihre herausragenden Eigenschaften. Nein, sie war in letzter Zeit nicht verändert. Sie war immer gleichmäßig freundlich und für mich und die Kinder da. Wir sind eine konservative Familie. Die Frau gehört ins Haus und hat sich um den Haushalt und die Kinder zu kümmern. Alles sauber und ordentlich, wie es sich gehört!" Er schaute wie zur Bestätigung seiner Worte im Raum umher und hielt einen Augenblick bei der leicht geöffneten verglasten Zimmertür inne, hinter der man die Kinder schemenhaft wahrnehmen und miteinander flüstern hören konnte.

Dann fuhr er fort: „Wenn die Kinder aus dem Haus waren, schaute ich die neuesten Nachrichten im Fernsehen oder las in meinen Büchern – alles Fachliteratur, wissen Sie, ich halte nichts von Belletristik – und sie fuhr mit dem Rad los. Das machte sie zur Körperertüchtigung und um frische Luft zu bekommen und zwar regelmäßig bei fast jedem Wetter."

Er wandte sich der Tür zu und rief im Befehlston: „Maren bring mir bitte sofort ein Glas Wasser!" Und an die Beamten gewandt fragte er etwas liebenswürdiger: „Möchten Sie vielleicht auch etwas trinken? Der Hals wird beim Sprechen so trocken."

Die beiden lehnten jedoch dankend ab. Sie wollten keine Umstände machen und schnell zum Ende der Befragung kommen.

Während das rothaarige Mädchen das Glas brachte und sehr vorsichtig in die Nähe der linken Hand des Vaters auf den Tisch stellte, formulierte Lina ihre nächste Frage: „Wissen Sie welchen Weg Ihre Frau fuhr und wie lange sie gewöhnlich unterwegs war?"

Der Mann nahm einen tiefen Schluck und antwortete nach kurzem Überlegen: „Sie fuhr immer am Deich entlang durch die Natur. Das war ihr wichtig. Sie konnte dabei entspannen und Kraft tanken, hat sie mir mal erklärt. Meistens nahm sie die Richtung gegen den Wind. Sie mochte es, sich zuerst anzustrengen und auf der Rückfahrt das Rad mit dem Wind rollen zu lassen. Also, wenn Sie in der Nähe von Norddeich gefunden wurde, wehte der Wind vermutlich aus West. Das ist ja sowieso unsere Hauptwindrichtung." Er nahm noch einen Schluck Wasser und fuhr dann fort: „Sie blieb selten länger als drei Stunden fort. Danach erledigte sie ja ihre Vorbereitungen für das Mittagessen. Außerdem benötigte ich natürlich häufig ihre Hilfe, auch wenn täglich mehrmals ein Pflegedienst kommt."

„Wenn Sie es nicht zu indiskret finden, möchte ich Sie gern fragen, welche Krankheit sie an den Rollstuhl fesselt", fragte die Hauptkommissarin mit einem entschuldigenden Lächeln.

„Ich weiß zwar nicht, was das mit dem Tod meiner Frau zu tun haben soll, aber ich werde Ihre Neugier befriedigen. Ich habe Prostatakrebs im Endstadium und bereits Knochenmetastasen. Lange werde ich nicht mehr im Rollstuhl sitzen können..."

Die beiden Beamten schauten betreten. Fokko musste den Impuls unterdrücken, sich in den Schritt zu fassen, um zu kontrollieren, ob mit seiner Männlichkeit noch alles in Ordnung war.

Dann fragte Frau Eichhorn empathisch: „Wie werden Sie die Situation nun ohne Ihre Frau regeln? Haben Sie denn Unterstützung von Angehörigen?"

„Wir kommen schon klar. Machen Sie sich da mal keine unnötigen Sorgen. Sie sollten schnellstens den Tod meiner Frau aufklären, damit wieder Ruhe und Normalität bei uns einkehren können." Er rollte vom Tisch weg und fügte in eisigem Ton hinzu: „Es ist jetzt Essenszeit. Ich denke, Ihre Fragen sind damit sattsam beantwortet. Ich wünsche Ihnen einen erfolgreichen Arbeitstag. Und suchen sie uns nur wieder auf, wenn Sie brauchbare Ergebnisse vorweisen können. Auf wiedersehen!"

Die beiden standen leicht irritiert von ihren Stühlen auf und folgten der Tochter zur Haustür, während der Mann ohne ein weiteres Wort im angrenzenden Zimmer verschwand.

Erste Recherchen

Fokko hatte die Hauptkommissarin schnell wieder bei ihrer Pension abgesetzt. Nicht ohne ihr erklärt zu haben, dass Herr Siebert ein frühzeitig pensionierter Studienrat des Ulrichsgymnasiums in Norden war. Er hatte dort Latein unterrichtet und war wie Fokko sich mit einem Augenzwinkern ausdrückte ,berühmt – berüchtigt' unter den Gymnasiasten gewesen.

Lina dachte noch darüber nach, während sie ihre bekackten Schuhe auf dem Balkon gründlich säuberte. Sie schätzte den Mann als sehr autoritär ein. Das konnte natürlich nicht allen Schülern gefallen haben.

Sie hatte ihren ehemaligen Lateinlehrer geliebt. Aber ihr lag das Fach auch, und er war eine Seele von Mensch gewesen. Bei den anderen Fremdsprachen wurde verständlicherweise die mündliche Beteiligung in den Vordergrund gestellt. Das gefiel ihr als Schülerin nicht besonders, weil sie ein stilles Mädchen war. Aber das Auswendiglernen der lateinischen Vokabeln und der grammatischen Formen hatte ihr manchmal sogar Spaß gemacht.

Die Schuhe waren soweit sauber. Sie mussten nur noch trocknen. Der Balkon war glücklicherweise windgeschützt und überdacht. Neugierig warf sie einen Blick in die Runde. Seitlich konnte sie den grasbewachsenen Deich sehen. Davor lag die Strandpromenade. Es gab jetzt sogar einige verstreute Spaziergänger, die sich an der herbeigesehnten Auflockerung des Himmels erfreuten. Auf dem Deich thronte ein verglastes Café, von dem aus man bestimmt aufs Wasser schauen konnte. Sie würde das bei der nächsten Gelegenheit ausprobieren.

Aber jetzt musste sie erst mit ihrer Vermieterin sprechen, da sie noch einige allgemeine Informationen benötigte und die Frau für sehr auskunftsfreudig und gut informiert hielt.

Frau Eilers hantierte gerade neben der Haustür bei den Mülltonnen, als die Hauptkommissarin sie aufspürte. Sie blickte erfreut von ihrer Sortierarbeit auf, klappte sofort den Deckel der blauen Tonne mit einem Schwung zu und zog sich die Einmalhandschuhe von den Händen.

„Ich stehe ganz zu Ihrer Verfügung, Frau Hauptkommissarin", flötete sie charmant und eilte schon ins Haus und in Richtung Küche, während sie rief: „Kommen Sie, kommen Sie! Ich wollte sowieso gerade Tee machen."

Lina Eichhorn erlebte eine unterhaltsame Teestunde mit leckerem Rosinenbrot und erfuhr dabei alles, was sie im Moment wissen musste. Die Vermieterin kannte den pensionierten Studienrat sogar vom Hörensagen und wusste einige Klatschgeschichten darüber zum Besten zu geben. Das waren zwar keine verwertbaren Informationen, aber ein Fünkchen Wahrheit steckte oft im Nachbarschaftstratsch. Und eigentlich wurde ihr persönlicher Eindruck von dem Mann durch die Berichte der Frau Eilers nur bestätigt.

Als sie endlich aufbrechen musste, fragte sie die Vermieterin abschließend: „Sie hatten mich freundlicherweise über dieses Hundeverbot auf den Deichen aufgeklärt. Wissen Sie vielleicht auch, an wen ich mich wenden muss, wenn ich dazu weitere Fragen habe?"

Wieder leuchteten Frau Eilers grüne Augen wie eine Sommerwiese.

„Ja, selbstverständlich, Frau Hauptkommissarin! Mein Neffe arbeitet bei der Deichacht. Er heißt

Poppinga. Ist ein lieber fleißiger Junge und so freundlich. Ich geb Ihnen sofort die Adresse der Deichacht. Dann können Sie dort nach ihm fragen. Der kennt sich bestens aus."

Lina fuhr mit dem eigenen Wagen nach Norden und fand das Büro der Deichacht ohne große Schwierigkeiten. Es lag hinter dem ehemaligen Dornkaatgelände, was inzwischen weitgehend leer stand und förmlich nach einer neuen Nutzung schrie. Die dunklen Gebäude der Fabrik wirkten irgendwie gruselig auf sie, während sie im Schritttempo durch eine schmale geklinkerte Straße daran vorbei schlich und einen Parkplatz suchte.

Als sie das Gebäude betrat, stand sie unmittelbar einem sehr großen schlaksigen jungen Mann gegenüber. Er grinste sie freundlich an und warf sein schulterlanges blondes Haar mit einem geübten Schwung aus dem Gesicht. „Sie sind dann ja wohl die Polizistin?", fragte er schmunzelnd.

Lina Eichhorn streckte ihm freundlich ihre Hand entgegen, stellte sich kurz vor und fragte augenzwinkernd: „Und ich hab dann bestimmt die Ehre mit Herrn Poppinga? Ich denke, Ihre Tante wird schon angerufen haben?"

Sie begaben sich in ein Büro und die Hauptkommissarin nahm auf dem ihr angebotenen Schreibtischstuhl Platz, während sich Herr Poppinga auf die Fensterbank neben eine ziemlich vernachlässigte Topfblume lümmelte.

„Ja, ich hab von dem schrecklichen Todesfall gehört. Sie müssen wissen, hier bleibt nicht lange irgendwas geheim, auch wenn die Zeitungen nicht sofort davon berichten."

Die Kollegen hatten der Presse vorerst noch einen Maulkorb verpasst, um die Ermittlungen nicht zu stören. Aber Lina überlegte bereits, ob es nicht vielleicht sinnvoller wäre, die Bevölkerung um Mithilfe zu bitten. Der junge Mann schien diese ihre Überlegungen zu bestärken.

„Ich frage mich, wie Sie bei dieser endlos langen Deichlinie sowas wie dieses Hundeverbot überwachen?"

„Ja, das ist nicht einfach. Wir haben natürlich Mitarbeiter, die vor Ort tätig sind. Und es gibt immer wieder Hinweise aus der Bevölkerung, denen wir nachgehen, wenn es uns möglich ist. Aber im Grunde genommen kann keiner rund um die Uhr für die Durchsetzung irgendwelcher Vorschriften und Gesetze sorgen. Das müssten Sie ja eigentlich selbst am besten wissen, Frau Hauptkommissarin", erklärte der Mitarbeiter der Deichacht lakonisch. „Bis vor kurzem hatten wir nicht einmal die Möglichkeit solche Vergehen als Ordnungswidrigkeit zu ahnden. Das hat sich aber glücklicherweise geändert, nachdem vor einem Jahr wieder ein Schaf von Hunden zu Tode gehetzt wurde."

„Haben Sie Unterlagen, über solche Vorfälle mit Hunden am Deich, die Sie mir zur Einsicht überlassen könnten?", bat Lina mit charmantem Lächeln. Sie wusste, dass Freundlichkeit meistens einige Türen leichter öffnete.

Der junge Mann rutschte etwas verlegen auf der Fensterbank hin und her. Die Hauptkommissarin fürchtete schon um den Blumentopf. Doch dann sprang er ganz plötzlich ans andere Ende des Zimmers und kramte im Schrank nach einem dünnen Ordner, den er ihr mit einem entschuldigenden Achselzucken hinhielt.

„Viel ist das nicht. Meistens können wir die Leute und ihre Hunde ja nicht dingfest machen. Haben ja schließlich keine Kraftfahrzeugkennzeichen ankleben", meinte er bedauernd.

„Oh, ich danke Ihnen trotzdem. Ich leihe mir die Unterlagen nur kurz aus im Wege der Amtshilfe. Bekommen Sie auch sicher vollständig zurück.

Und wenn Ihnen in dem Zusammenhang mit dem Tod dieser bedauernswerten Frau etwas zu Ohren kommt, können Sie mich sehr gern informieren. Ich wohne ja bei Ihrer Tante…" Sie erhob sich und gab ihm zum Abschied einen dankbaren Händedruck.

Geheimnisse

Als sie in ihr kleines provisorisches Büro am Norder Marktplatz zurückkehrte, fand sie dort überraschend einen Merkzettel mit dem Hinweis, dass sie sich telefonisch mit dem Pathologen in Verbindung setzen möge. Es war schon spät und sie hoffte, dass er wie die meisten seiner Kollegen keinen festen Feierabend kannte.

„Dr. Filaferro? Hier spricht Lina Eichhorn ich ermittle im Todesfall Siebert. Sie wollten mir etwas Wichtiges sagen?"

Der Pathologe hatte eine leise bedächtige Stimme. Sein Name klang italienisch, aber er formulierte in akzentfreiem Deutsch: „Schön, dass Sie noch anrufen. Ich will in einer halben Stunde hier Schluss machen. Ja, die Tote hatte kurz vor ihrem Ableben noch Geschlechtsverkehr. Es deutet allerdings in diesem Zusammenhang nichts auf Gewaltanwendung hin. Soll ja Frauen geben, die es am Morgen lieben…" Er hüstelte. „War sie verheiratet? Wir haben jedenfalls, wie üblich, eine genetische Bestimmung des Spermas veranlasst."

„Oh, das ist interessant! Ihr Ehemann sitzt mit Prostatakrebs im Rollstuhl…" Man konnte Linas Gedanken förmlich hören, als sie eine kurze Sprechpause einlegte.

„Na, dann haben Sie nun wahrscheinlich die Suche nach dem Liebhaber vor sich", lachte der Arzt süffisant und legte abrupt den Hörer auf, ohne sich zu verabschieden. Ja, die machten keine überflüssigen Worte – diese vielbeschäftigten Pathologen!

Lina stand noch immer am Schreibtisch, so wie sie den Raum Minuten vorher betreten hatte. Es war sehr ruhig in ihrem kleinen Dienstzimmer. In ihrem Kopf bildeten sich verschiedene Szenarien ab, was wohl am Todestag der Frau Siebert wirklich geschehen sein könnte.

Sie würde es nicht herausfinden, ohne die Mithilfe von Personen, die die Tote gut gekannt hatten. Bedächtig legte sie den Telefonhörer auf, den sie lange erwartungsvoll angestarrt hatte, ohne dass er ihr irgendwie helfen konnte, und wandte sich zum Gehen. Jetzt würde sie Feierabend machen, denn morgen war auch noch ein Tag.

Die Nacht war von unruhigen Träumen durchzogen.

Sie hatte abends noch eine halbe Stunde mit ihrem alten Vater telefoniert. Er war pensionierter Kriminalbeamter und zeigte immer reges Interesse an ihren neuen Fällen. Oft half ihr ein solches Gespräch, ihre Gedanken zu sortieren und die Tatsachen von einem anderen Blickwinkel aus zu betrachten.

Der Vater war aber diesmal sehr verstört über die schwere Krankheit des Herrn Siebert gewesen und gestand seiner Tochter schließlich, dass er selbst seit Monaten Schwierigkeiten beim Wasserlassen habe. Sie hatte deshalb während des gesamten Telefonates mit Engelszungen auf ihn eingeredet, diese Angelegenheit unbedingt von einem Urologen abklären zu lassen. Dass er das beherzigen würde, war allerdings eher unwahrscheinlich. Er war ein sturer alter Mann und oft keinen Vernunftsgründen zugänglich. Sie liebte ihn trotzdem mit jeder Faser ihres Herzens und all seinen Schrullen. Da waren Sorgen vorprogrammiert.

Als sie morgens aufwachte, war sie nicht wirklich erholt. Aber das reichliche liebevolle Frühstück bei Frau Eilers brachte sie auf die Beine und ließ eine neue Zuversicht in ihr aufkeimen, dass der verzwickte Fall bald gelöst und sie schnell nach Oldenburg zurückkehren würde.

Weil das Wetter sehr freundlich aussah, lieh sie sich ein Fahrrad von ihrer Vermieterin und radelte am Wasser entlang zum Haus der Verstorbenen. Sie wollte das Gesicht des Wittwers sehen, wenn sie ihn damit konfrontierte, dass seine Frau vor ihrem Tod Geschlechtsverkehr hatte.

Es war gegen halb zehn als Frau Eichhorn erst einmal ohne jegliche Reaktion an der Tür klingelte. Nach ungefähr fünf Minuten unter mehrmaligem Läuten öffnete sich dann doch die Tür, und eine etwa dreißigjährige hübsche sehr gepflegte Blondine stand vor ihr. Sie schaute erstaunt und zog verlegen eine hellblaue Schürze glatt, die so gar nicht zu ihr passen wollte.

„Bitte?", fragte sie etwas spitz und zog die sauber gezupften Augenbrauen hoch.

„Ich bin Hauptkommissarin Eichhorn. Herr Siebert kennt mich bereits. Ich müsste ihn in einer wichtigen Angelegenheit nochmals kurz sprechen." Lina vermied es, sich reflexartig das vom Winde verwehte Haar zu ordnen, obwohl sie sich angesichts dieses gestylten Gegenübers unangenehm zerzaust fühlte.

„Treten sie ein! Ich werde sehen, ob mein Schwager mit Ihnen sprechen kann", sagte die Frau hoheitsvoll und verschwand aus Linas Augen.

Die Hauptkommissarin wartete geduldig fast eine halbe Stunde. Sie wagte es nicht, sich im Zimmer umzuschauen, weil sie den Hausherrn als sehr eigen kennengelernt hatte. Sie wollte ihn nicht verärgern, also nahm sie wieder am Tisch Platz und betrachtete ihre Umgebung nur aus der Entfernung sehr genau. Sie fühlte in jedem kleinen Detail noch die Anwesenheit der liebevollen Hausfrau. Die Tote würde eine unfüllbare Lücke in ihrer Familie hinterlassen.

Als sich Lina durch die Stille und Wärme des Raumes allmählich von einer gewissen Müdigkeit überwältigt fühlte, wurde die Tür unvermittelt aufgerissen, und der Rollstuhlfahrer erschien im Zimmer. Hinter ihm stand seine schöne Schwägerin im Türrahmen. Sie hatte die Schürze abgelegt und die Hauptkommissarin konnte ihre makellose Figur in einem engen knielangen dunkelblauen Kleid bewundern, während der Elektrorollstuhl mit dem Hausherrn dem Tisch zustrebte. Der Kranke wirkte diesmal gepflegter und war sorgfältig in ein frisch gebügeltes schwarzes Hemd und eine ebensolche Hose gekleidet.

Sein Ton hatte sich jedoch nicht geändert. Er begrüßte Lina knapp und barsch und fragte gleich, warum sie die Unverschämtheit besäße, die trauernde Familie schon wieder zu behelligen.

„Es tut mir wirklich leid, Herr Siebert, aber es hat sich noch eine wichtige Frage ergeben, weshalb ich gezwungen war, Sie unverzüglich aufzusuchen." Frau Eichhorn warf der Schwägerin einen kurzen Blick zu und fuhr dann etwas lauter fort: „Ich müsste Sie unbedingt allein sprechen."

Sofort schloss sich die Tür und die Blondine war unsichtbar.

„Dann machen Sie es kurz! Wir müssen nämlich die Beisetzung besprechen." Der kranke Mann rollte zum Tisch und trommelte kurz mit den Fingern der linken Hand auf das makellose Tischtuch.

„In der Pathologie hat man festgestellt, dass ihre Frau kurz vor dem Tod Geschlechtsverkehr hatte." Die Kriminalistin ließ diese Information für sich wirken und beobachtete den Ehemann aufmerksam.

Der blickte sie so ungläubig an, als wolle er sie im nächsten Augenblick der Lüge bezichtigen. Dann sackte er in sich zusammen und Tränen rannen lautlos über seine Wangen.

So unangenehm ihr das Gebaren des ehemaligen Lateinlehrers bisher gewesen war, nun empfand Lina Hilflosigkeit. Dies war ein total gebrochener Mann, dem sie nun noch zusätzlich Schmerzen zugefügt hatte. Sie spürte echtes Mitgefühl. Trotzdem musste sie ihre Fragen stellen. Der unnatürliche Tod der Frau sollte aufgeklärt werden, und sie war nun mal zuständig dafür.

„Ich brauche Sie wahrscheinlich nicht zu fragen, ob sie mit Ihrer Frau an diesem besagten Morgen Sex hatten?", fragte sie sehr leise und vorsichtig.

Er schüttelte nach einer kleinen Weile wortlos den Kopf.

„Können Sie sich vorstellen oder wissen Sie vielleicht sogar, mit wem Ihre Frau intim war?"

„Sie muss vergewaltigt worden sein!", brach es aus dem Mann heraus und dann schluchzte er haltlos.

„Nein, der Pathologe hält das für ausgeschlossen. Sie hatte vor ihrem Tod einvernehmlichen Sex." Frau Eichhorn sprach ruhig und bedächtig.

„Das ist unmöglich", schluchzte er wieder.

47

Die Hauptkommissarin erhob sich und legte vorsichtig eine Hand auf die Schulter des Weinenden.

„Ich werde jetzt gehen, Herr Siebert. Bitte überlegen Sie in aller Ruhe, ob Ihnen zu eventuellen anderen Beziehungen Ihrer verstorbenen Frau noch etwas einfällt. Wir benötigen dringend Ihre Mithilfe und möchten Sie und Ihre Familie keinesfalls quälen. Sie haben meine Telefonnummer. Ich finde allein raus!" Damit verschwand sie fast fluchtartig aus dem Trauerhaus. Sie war froh, dass sie den kranken Mann in der Obhut seiner Schwägerin wusste.

Nervensache

Die Hauptkommissarin schwang sich in den Sattel ihres Drahtesels und radelte los, als ob der Leibhaftige hinter ihr her wäre. Das wirklich furchtbare Gespräch hatte ihr mehr zugesetzt, als es in ihrem Beruf zuträglich war. Emotionen sollten weitgehend zurückgeschraubt werden, damit die Ermittlerin einen klaren Kopf behielt. Wie konnte sie in der Sache weiterkommen, wenn sie starke Gefühle zuließ, die den Verstand vernebelten?

Der Wind pfiff ihr um die Ohren, und sie begann ob des gewaltigen Tempos, das sie vorlegte, zu schwitzen. Die wundervolle Natur, durch die sie strampelte, hatte sie bisher nicht gebührend beachtet. Langsam nahm sie die Geschwindigkeit zurück.

Auf dem Deich graste friedlich eine Schafherde mit einigen entzückenden frischgeborenen Lämmern. Sie hüpften noch ungelenk miteinander um die Wette und ließen immer wieder ihr zartes helles Meckern hören, um ihre Mütter nicht zu verlieren. Diese grasten gelassen ohne die Spur von Nervosität oder Stress in der Nähe. Ab und zu schickte eine in tieferer beruhigender Tonlage ihre Antwort in Richtung der Lämmer. Lina dachte darüber nach, warum Tiermütter wohl soviel relaxter mit ihrem Nachwuchs umgingen, als Frauen.

Sie lehnte das Fahrrad an den Zaun und setzte sich auf eine hölzerne Trittstufe, die angebracht war, um den Spaziergängern die Überquerung der Weide zu ermöglichen. Sie befand sich nicht auf der Seeseite sondern Binnendeichs, wie man das hier ausdrückte. Also saß sie, den Deich im Rücken und blickte über die weiten Felder. Es gab nur vereinzelt Gehöfte mit den typischen roten Ziegeldächern, die sich malerisch in die Landschaft duckten. Einsame Bäume, vom ständigen starken Wind nach Osten gekrümmt, wirkten in die Weite gezwungen.

Der Deich machte eine Biegung und sie sah plötzlich zwei große schwarze Hunde dahinter vorschnellen. Aber noch bevor sie die Tiere richtig wahrnehmen konnte, verschwanden sie wie auf ein unsichtbares Kommando.

Frau Eichhorn wartete einen Moment fast versteinert, auf das erneute Auftauchen der Tiere. Aber sie blieben verschwunden, so als habe sie lediglich eine Halluzination gehabt. Spielten ihre Nerven ihr vielleicht einen Streich?

Sie schwang sich wieder auf das Rad und fuhr weiter. Sollten die Hunde hinter der Deichbiegung warten, wäre sie darauf vorbereitet und würde das wahrscheinlich überleben. Mit einer Hand tastete sie aber dennoch nach der Dienstwaffe in ihrer Jackentasche. Sie war beruflich nie ohne Waffe unterwegs, gerade wenn sie allein war.

Als sie die Deichbiegung passiert hatte, befand sie sich ungefähr auf der Höhe des Tatortes. Hier gab es die kleinen Tore im Zaun und einen befestigten Weg zur Deichüberquerung. Ein landwirtschaftlicher Weg führte ins Landesinnere. Am Deich war von den Hunden keine Spur. Sie stellte das Rad ab und begab sich zum Scheitelpunkt des Deiches, um von dort oben eine bessere Sicht zu haben. Auch auf der Seeseite waren keine Hunde, was ja auch nicht erlaubt gewesen wäre.

Als ihr Blick über das weite Land schwenkte, sah sie in ziemlicher Entfernung zwei schwarze bewegliche Objekte, die sich offenbar gefolgt von einer dunkel gekleideten Person immer weiter vom Deich fortbewegten und schließlich hinter Weidenbüschen verschwanden. Eine Verfolgung schien der Hauptkommissarin aufgrund der schnell größer werdenden Entfernung aussichtslos.

Sie brachte unverzüglich das Rad zu ihrer Vermieterin zurück und begab sich in ihr kleines Büro. Auf ihrem Schreibtisch waren die Unterlagen ausgebreitet, die ihr Hinweise für die Aufklärung des Falles liefern sollten. Ein neues Fax von der Pathologie war eingetroffen. Es handelte sich um die schriftliche Bestätigung der Sachverhalte aus dem gestrigen Telefonat.

Sie schob die Fotos und die Papiere ratlos umher. Dann griff sie nach dem Telefon und rief ihren Vater an.

„Na, Big Boss, hast du den Arzttermin vereinbart?", fragte sie gerade heraus. Sie liebte keine Spielchen und Geheimniskrämereien. Es war schlimm genug, beruflich so oft im Dunkeln zu tappen.

„Hm…", hörte sie nur von der anderen Seite.

„Willst du vielleicht so enden wie dieser Witt-wer?"

„Mal' nicht gleich den Teufel an die Wand, Hörn-chen!" Eine kleine Kunstpause, dann folgte das erwartete Ablenkungsmanöver: „Wie kommst du mit der Toten weiter?"

„Ich erzähl dir kein einziges Wort, wenn du nicht versprichst, noch heute beim Urologen anzuru-fen", meinte Lina energisch.

Stille.

„Ich höre!", sagte die Hauptkommissarin in dem Tonfall, der eigentlich für besonders schwierige Verhöre reserviert war.

„Nun ja, kann mich nachher um einen Termin kümmern. Aber ich sag dir gleich, das wird dau-ern. Die Fachärzte sind total überlastet..."

„Du bist ein Notfall! Sag denen das gefälligst! Oder soll *ich* dort vielleicht anrufen?" Lina wurde böse.

„Schon gut, schon gut! Wird alles erledigt, wie die Dame wünscht", lenkte der Alte beleidigt ein.

„Wenn du mich Dame nennst, könnte ich dir in den Hintern treten. Aber du sollst ja nicht noch schlimmer lädiert werden", schmunzelte die Tochter. Und begann sofort über den Fall zu reden.

Ihr alter Vater hörte jetzt aufmerksam zu, ohne sie zu unterbrechen. Als sie geendet hatte meinte er: „ Also von Hunden verstehst du ja nicht das geringste. Da solltest du dir vielleicht bisschen Grundwissen aneignen. Hol dir einen Ratgeber aus der Bücherei und überfliege ihn. Das dürfte wohl fürs erste reichen. Du erinnerst dich noch an Blasius und dass du überhaupt nicht mit ihm klarkamst?"

Lina fiel der unerzogene Rauhaardackel ihres Vaters wieder ein. Das Geräusch von Kühlschranktüren ließ ihn ständig ausrasten, weil er immer hungrig war. Er hätte eigentlich den Namen Vielfraß verdient gehabt.

Sie seufzte ins Telefon und hörte von der anderen Seite ein herzhaftes Lachen.

Kleine Unterbrechungen

Das Gespräch mit ihrem Vater hatte Lina zwar nicht wesentlich weitergebracht, aber sie fühlte sich danach bedeutend entspannter. Innerlich und äußerlich locker suchte sie das Büro ihres älteren Kollegen vor Ort auf, der sich sichtlich freute, sie zu sehen.

„Ach, wie schön, Frau Eichhorn! Wie kommen Sie zurecht? Ich hoffe, es ist alles zu Ihrer Zufriedenheit?" Herr Schumann stand schwerfällig auf und kam mit ausgestreckter Hand auf sie zu.

„Oh, danke sehr", lächelte die Hauptkommissarin ihn an und drückte herzlich seine große Pranke. „Sie können mich getrost Lina nennen. Wir sind jetzt schließlich für eine Weile direkte Kollegen. Und alles ist hier zu meiner vollen Zufriedenheit."

Sie machte eine kleine Sprechpause, während der sie sich leise seufzend auf einen Stuhl niederließ und fügte dann schon weniger begeistert hinzu: „Nur mit dem Fall komme ich nicht recht weiter."

„Ja, ich bin auf dem laufenden, was diese leidige Angelegenheit betrifft. Das mit dem Geschlechtsverkehr hat mich ehrlich gesagt überrascht. Meinen Sie das hat mit ihrem Tod was zu tun?" Der Kommissar wackelte irritiert mit seinem grauen Kopf hin und her.

„Ist immerhin nicht ganz auszuschließen. Wir brauchen mehr interne Informationen. Die Schwester der Toten ist zur Beerdigung angereist. Ich beabsichtige sie zu verhören. Schwestern untereinander teilen oft ihre Geheimnisse."

Jetzt nickte das betagte Haupt zustimmend, die markanten Augenbrauen wurden leicht hochgezogen, und die wachen Augen begannen zu strahlen.

„Ja, das ist doch mal ein Ansatz, wie wir weiterkommen könnten! Was ist mit diesem Hund und dem Besitzer? Sollen wir die Bevölkerung um Mithilfe bitten?"

„Es wäre nett, wenn Sie einen Aufruf in der Presse veröffentlichen ließen. Sie kennen die Journalisten von der Regionalpresse sicher persönlich. Die Schwester der Toten knöpfe ich mir vor. Von

Frau zu Frau sozusagen." Lina erhob sich und schickte sich an, den Kollegen wieder sich selbst zu überlassen, als er sie mit einem Wink zurückhielt.

„Die Leiche ist übrigens ab morgen zur Bestattung freigegeben. Können Sie der Schwester gleich mitteilen, wenn Sie sie zur Befragung vorladen. Und arbeiten Sie nicht bis tief in die Nacht. Wir haben hier ein sehr anstrengendes Reizklima. Da braucht der Mensch seinen Schlaf." Herr Schumann blinzelte ihr freundschaftlich zu, während sie die Tür seines Büros schloss.

Sie lächelte noch immer, als sie schon wieder hinter ihrem Schreibtisch saß und nach der Telefonnummer der Familie Siebert suchte.

Routiniert tätigte sie den Anruf und redete kurz mit der hübschen Blondine selbst. Carola Auermann versprach, am späten Nachmittag im Polizeirevier vorbeizuschauen, um einige Fragen zu beantworten. Das war ihr lieber, damit die trauernde Familie nicht wieder behelligt werden musste.

Da es inzwischen schon Mittag geworden war, spürte Lina ihren Magen. Sie zog sich ihre Jacke über und verschwand in die Fußgängerzone, um sich eine Kleinigkeit gegen ihren Hunger einzuverleiben. Unweit des Polizeireviers fand sie ein gemütliches Bistro und überlegte nicht lange, sondern stieg ohne Zögern die paar Stufen zum Eingang empor und öffnete die einladende Glastür.

Das Lokal war gut besucht, aber sie fand sogar noch einen kleinen Tisch an einem der großen Fenster, die auf den Neuen Weg schauten. Sie hängte ihre Jacke demonstrativ über den zweiten Stuhl, denn sie hatte keine Lust auf Gesellschaft, sondern wollte nur in aller Ruhe etwas essen und trinken. Wenn es ihr dabei gelang, ein bisschen abzuschalten, sollte ihr die kleine Unterbrechung besonders willkommen sein.

Der Gastraum war angenehm beheizt, und es spielte leise italienische Hintergrundmusik. Eine sehr freundliche junge Bedienung mit einer sauberen weinroten Schürze fragte nach ihren Wünschen. Lina wählte eine Tomatensuppe nach Rezept des Hauses mit Baguett und ein alkoholfreies Weizenbier. Sie hätte lieber einen der auf der Karte angepriesenen Rotweine probiert, aber im Dienst konnte sie soweit dann doch nicht gehen.

Die Suppe war exzellent, das Brot schön kross. Dazu stellte man ihr eine kleine Schale mit einem sehr delikaten Dipp auf den Tisch. Das kühle Bier mundete zum Essen ausgezeichnet. Lina war fast glücklich, als sie in aller Ruhe ihre kleine Pause genoss. Die leisen Gespräche von den anderen Tischen blendete sie wirksam aus. Bequem lehnte sie sich in den gemütlichen Sessel zurück, um alles Belastende für eine Weile zu vergessen, zu schlemmen und der unaufdringlichen Musik zu lauschen.

Nach der Pause begab sie sich in die öffentliche Bücherei gleich am Marktplatz, um nach einem Ratgeber für Hundehalter zu suchen.

Die Bibliothekarin war schon älter und wirkte sehr kompetent. Sie kannte wahrscheinlich jedes Buch in dieser kleinen Einrichtung, die teilweise mit ehrenamtlicher Unterstützung geführt wurde. Lina bekam sofort entsprechende Hinweise von der distinguierten Dame mit grauem Bürstenhaarschnitt. Sie reagierte zwar interessiert aber angenehm zurückhaltend auf die Erklärung der Hauptkommissarin, dass sie die Informationen für einen aktuellen Fall benötige.

Frau Eichhorn fand in der entsprechenden Abteilung eine Menge Literatur über Hunde im allgemeinen und auch speziell für bestimmte Rassen. Außerdem gab es einiges über Krankheiten und Fehlverhalten bei Haustieren. Sie entschied sich für einen umfassenden Ratgeber für Hundebesitzer und solche, die es werden wollten und ein schmaleres Bändchen über die Erziehung von Problemhunden.

Beide Bücher unter dem Arm schlenderte sie noch eine Weile an den gut sortierten wohlgefüllten Regalen entlang. Ihr Blick traf einen fröhlich anmutenden Frauenroman. Sie zog ihn aus dem Regal, setzte sich in einen der einladenden bunten Sessel einer Sitzgruppe und blätterte eine Weile darin herum, um sich einen kurzen Eindruck von der Schreibweise der Autorin zu verschaffen.

Es ging um Liebe, Urlaub, Sonne, Strand und Meer. Leider konnte sie sich mit der locker leichten Art der Hauptakteurin nicht recht identifizieren und stellte den Roman enttäuscht wieder an seinen Platz zurück.

Sie fühlte sich wiedermal wie aus einer anderen Welt. Der Beruf hatte sie wahrscheinlich so sehr geprägt, dass sie zu ernsthaft geworden war und ihr jede Lockerheit abging. Schnell schüttelte sie diese unbequemen Gedanken ab und reichte der netten Bibliothekarin die beiden Bücher, damit sie diese auf der für sie extra neu angelegten Karteikarte notieren konnte.

Es strömte in diesem Moment eine Horde Kinder durch die Tür und erfüllte die Bibliothek mit Leben. Die Dame lächelte milde und wandte sich mit einer Erklärung an die Hauptkommissarin, als sie deren verwunderten Blick bemerkte.

„Wir haben einmal in der Woche am Nachmittag eine Vorlesestunde für Kinder. So werden die Kleinen an das Lesen von Kinderbüchern herangeführt. Lesen ist ja so wichtig!"

Lina bedankte sich mit einem freundlichen Lächeln, warf einen wohlwollenden Blick auf die lärmenden Kinder und verschwand schleunigst wieder in die erholsame Stille ihres kleinen Büros.

Befragung der Schwester

Carola Auermann traf pünktlich zur vereinbarten Zeit in Linas Büro ein. Sie war wieder makellos gekleidet und gestylt, aber ihre Augen blickten traurig und müde. Lina erhob sich hinter ihrem Schreibtisch und nahm der Blondine die leichte Jacke ab, um sie auf einen Bügel zu hängen. Die Frau wirkte ein wenig wie in Trance. Vielleicht hatte sie Beruhigungsmittel genommen? Die Hauptkommissarin bot ihr einen Platz an und behandelte sie mit großer Freundlichkeit, um eine vertrauensvolle Atmosphäre als Grundlage für die wichtige Befragung zu schaffen.

„Frau Auermann, es tut mir wirklich leid, dass ich Sie noch persönlich befragen muss, aber der Todestag Ihrer Schwester wirft so viele Ungereimtheiten auf, dass wir hoffnungslos auf der Stelle treten."

Die Frau sah Lina erstaunt an und antwortete etwas schnippisch: „Aber ich wohne in Bremen und habe nie mit der Familie meiner Schwester zusammengelebt. Mein Schwager müsste Ihnen diese Auskünfte zum Tagesablauf meiner Schwester viel genauer geben können."

„Es geht auch nur um eine spezielle etwas delikate Frage, von der ich denke, dass Sie sie mir eventuell beantworten können, weil Ihre Schwester vielleicht mit Ihnen von Frau zu Frau einige Dinge besprochen hat, von denen ihr Mann nichts wissen sollte?"

Die Blondine zog die Augenbrauen hoch und blieb stumm.

„Bitte, Frau Auerbach, um den Tod Ihrer Schwester aufzuklären, müssen wir alles genau rekonstruieren. Ihre Schwester hatte einen Liebhaber. Sie ist tot, und Sie müssen ihr Geheimnis jetzt nicht mehr hüten. Können Sie uns bitte mehr zu diesem Unbekannten sagen? Am liebsten hätte ich seinen Namen. Wir brauchen ihn lediglich als Zeugen." Lina sah die hübsche junge Frau bittend an und wartete dann geduldig, dass sie endlich ihr Schweigen brach.

„Barbara war kein Flittchen, wenn Sie das jetzt denken sollten. Sie war eine treue Familienseele. Wie sie an diesen Mann geraten ist, konnte ich nie ganz begreifen. Es passte nicht zu ihr, sich einen Liebhaber zu halten. Sie hat einige Male am Telefon mit mir darüber gesprochen, dass sie von schweren Selbstvorwürfen geplagt wurde. Sie konnte ihrem kranken Mann manchmal nicht mehr in die Augen sehen, so schämte sie sich." Frau Auermann nahm ein Taschentuch und schnäuzte sich so gar nicht ladylike lautstark die Nase.

„Wie lange ging das denn schon mit dieser Beziehung, und kennen Sie eventuell den Namen des Mannes?", wagte Frau Eichhorn zu fragen.

Die Frau schüttelte enttäuscht den Kopf und fuhr dann fort zu erklären: „Meine Schwester wollte mich nicht zu stark in die Sache hineinziehen. Sie bemerkte, dass es mich belastete, deshalb erzählte sie bei den letzten Telefonaten nichts mehr von ihm. Aber es mag wohl schon über ein Jahr gegangen sein. Sie hatte ihn im Fitnesscenter hier in Norddeich kennengelernt. Das Trainingscenter heißt soviel ich weiß ‚Sporty'. Dort trainiert sie zweimal die Woche. Er soll Karatetrainer sein. Wenn ich mich nicht sehr täusche, war sein Name Nils. Jedenfalls war das so ein nordischer Name." Sie stutzte einen Moment, dann korrigierte sie sich: „Nein, Lars, hieß er. Ich bin mir jetzt ganz sicher."

„Oh, ich danke Ihnen sehr, Frau Auerbach! Sie haben uns bei der Rekonstruktion des Tagesablaufs Ihrer Schwester jetzt wahrscheinlich ein ganzes Stück weitergebracht." Die Hauptkommissarin erhob sich erleichtert, nachdem die Zeugin das Protokoll unterschrieben hatte und drückte dankbar die Hand der jungen Frau. Dann fügte sie mit ehrlichem Mitgefühl hinzu: „Der Leichnam Ihrer Schwester ist jetzt für die Beisetzung freigegeben. Das könnten Sie bitte Ihrem Schwager ausrichten. Dann kann alles weitere in die Wege geleitet werden."

„Ja, danke, das ist gut so. Wir brauchen nun endlich einen richtigen Abschluss. Die Beerdigung wird schnellstmöglich sein, und dann nehme ich die Kinder eine Weile mit zu mir nach Hause. Sie müssen auf andere Gedanken kommen. Sie mögen mich, und ich mag sie auch sehr gern. Ich habe ja noch keine eigenen." Sie lächelte und ihre makellosen Zähne glänzten wie Perlen. Während die blonde Schönheit ihre Jacke lässig um die Schultern legte und sich schnell verabschiedete, registrierte die Hauptkommissarin, Tränen in den etwas schräg stehenden türkisblauen Augen.

Nachdem ihre Zeugin das Büro verlassen hatte, huschte Lina schnell zu ihrem Kollegen Schumann hinüber, um etwas über das Fitnesscenter zu erfahren. Aber der ältere Herr musste leider passen und bat sie, sich in dieser Sache an Fokko Claassen zu halten.

So machte sie in ihrem Büro für diesen Tag Schluss und fuhr nach Norddeich. Dort kam sie durch einen Abstecher zu der kleinen Polizeistation, wo der junge Kollege etwas gelangweilt, wie es ihr erschien, hinter einem aufgeräumten Schreibtisch saß. Als die Hauptkommissarin eintrat, schnellte er wie ertappt sofort in die Höhe und hätte beinahe salutiert. Lina Eichhorn schmunzelte und rief fröhlich: „Na, Fokko, alles im grünen Bereich?"

Sein Kopf konnte jetzt mit der roten Abendsonne über dem Watt konkurrieren, trotzdem versuchte er möglichst cool zu antworten: „Alles Paletti, Frau Hauptkommissarin! Womit kann ich helfen?"

Lina erklärte ihm, was sie von Frau Auerbach erfahren hatte und bat ihn, ihr dieses Fitnesscenter zu zeigen. Der junge Mann war sofort mit großem Eifer bei der Sache.

„Ja, den Laden kenn ich gut. Ich bin dort regelmäßig an den Geräten. Aber diesen Karatetrainer kenn ich höchstens vom Sehen. Es gibt da einen

Verein, der im Sporty regelmäßig trainiert. Da kommen aber hauptsächlich Kinder hin. Ich versuche immer die Zeiten zu meiden, wenn die trainieren. Dann ist es mir dort zu laut und zu voll in den Umkleidekabinen."

„Aber Sie können mich doch bestimmt hinbringen? Ich will mir das Center mal ganz in Ruhe anschauen. Die müssen ja nicht gleich wissen, dass ich hier ermittle. Es gibt doch sicher auch Touristen, die sich fithalten wollen?", setzte Lina dem aufmerksamen Fokko auseinander.

Er brachte sie ohne Umschweife zu der Adresse und setzte sie einige Häuser vorher mit dem Streifenwagen ab, damit sie nicht gleich auffiel.

Das Gebäude stand am Ende der Straße, dort wo das Industriegebiet begann. Es war ein funktionaler schmuckloser Flachdachbau mit großen Fenstern, die nichts verbargen. Das Licht im Inneren war eingeschaltet und so konnte Lina einige Sportler beobachten, die sich an den zahlreichen Geräten ins Schwitzen brachten. Von Karateaktivitäten war nichts wahrzunehmen, aber es gab einen riesigen Gymnastikraum mit gepflegtem Parkettboden und der typischen Spiegelwand.

Die Hauptkommissarin überlegte nicht lange, sondern trat durch die gläserne Pendeltür ein. Sie lief sogleich auf einen altmodischen Tresen zu, hinter dem eine etwas rundliche Frau in Leggins und mit einem viel zu großen Shirt sie freundlich anlächelte. Lina fand sie gleich äußerst sympathisch. Ihr drängte sich sofort die Erkenntnis auf, dass dies keiner dieser Schickimicki-Läden war, die sich normalerweise Fitnesscenter nannten, sondern eher ein ganz stinknormales Sportzentrum.

Die Frau nestelte an ihrem Haargummi, was eine gewaltige platinblonde Lockenmähne im Zaum halten musste und fragte: „Na, was kann ich denn für dich tun? Du bist doch sicher zum ersten Mal hier?"

„Ich bin Lina aus Oldenburg. Ich mache hier ein bisschen Urlaub vom Stress und möchte was für meinen Body tun." Sie guckte sich interessiert um und fügte dann ganz unbedarft hinzu: „Habt Ihr hier auch noch andere Angebote außer diesen Geräten?"

„Och, ja, es gibt hier bei uns ne Menge Angebote. Kommt drauf an, was dir so vorschwebt. Deine Figur hat eigentlich nicht unbedingt ein Styling nötig." Sie ließ ihren Blick nicht ohne Neid an

Linas schlanker Linie entlang schweifen. „Du kannst mich Ulli nennen, ich bin hier das Mädchen für alles. Ich hole gleich mal die Liste mit den verschiedenen Angeboten. Du willst ja sicher kein Jahresabo mit allem drum und dran?"

Lina hörte sich geduldig an, welche Möglichkeiten sie hier hatte. Karate war nicht dabei aber verschiedene Gymnastik-, Yoga-, Tanz- und Gesundheitsangebote, außerdem konnte man die Sauna benutzen, wenn sie bei dem Angebot inklusive war. Sie entschied sich für eine Zehnerkarte Fitnessgerätetraining mit Saunabenutzung.

Ulli wirkte sehr zufrieden und gab ihr den Ausweis und dazu einen Flyer auf dem sämtliche Angebote mit Preisen und die Öffnungszeiten vermerkt waren. Von Karate stand wieder nichts drauf.

„Ich hab gestern oder vorgestern hier ein paar Typen in Karateanzügen gesehen. Das hätte mich eventuell auch interessiert", erwähnte Lina ganz nebenbei.

„Ach ja, aber das ist ein eigener Verein, der hier bei uns trainiert. Eigentlich ist das Training da natürlich nur für Vereinsmitglieder. Aber, wenn du da Interesse hast, kannste morgen mal mit Lars sprechen, der hat den ganzen Tag über Kurse. Da ist er hier zu erreichen. Ist ganz nett, der Junge. Vielleicht gibt er dir paar Privatstunden." Sie nickte Lina freundlich zu und fragte sie, ob sie vielleicht noch was trinken wolle.

Aber die Hauptkommissarin hatte erfahren, was sie wollte und machte sich deshalb schnellstens auf den Weg zu ihrem Quartier. Sie würde am kommenden Tag persönlich in dem Fitnesscenter erscheinen, um diesem Lars auf den Zahn zu fühlen.

Der Liebhaber

Am nächsten Morgen war Lina ziemlich ausgeschlafen. Sie hatte am Abend versucht, ihren Vater anzurufen, aber der war nicht ans Telefon gegangen. Natürlich konnte sie sich denken, dass er sich noch immer keinen Termin beim Urologen besorgt hatte, und deshalb jetzt vorsichtshalber wegtauchte. Sie beschloss, am Nachmittag nochmals zu versuchen, ihn zu erreichen und sonst ihren gemeinsamen Freund und Mitbewohner Nobbi einzuschalten.

Nach dem eher mageren Frühstück fuhr sie mit dem Leihfahrrad zum Fitnesscenter. Sie hatte sich aus Vernunftsgründen gegenüber dem reichhaltigen Frühstücksangebot von Frau Eilers zurückgehalten, weil sie ein wenig an den Geräten trainieren musste, um nicht gleich aufzufallen. Und mit vollem Magen war das eher unangenehm.

Es standen noch zwei weitere Fahrräder in dem dafür vorgesehenen Ständer. Außerdem parkten verschiedene Wagen vor dem Center, einer davon ein älterer roter Bulli.

Lina hatte ihre Sportsachen in einem kleinen Rucksack verstaut, den ihr die hilfsbereite Vermieterin geliehen hatte. Freundlich grüßte sie beim Betreten des Centers in die Runde. Ulli tauchte mit hochrotem Gesicht und Wuschelkopf hinter dem Tresen hervor. Sie schien unten irgendwas gesucht zu haben und wirkte noch unordentlicher, als am Abend vorher. Dazu waren ihre Augen vor Müdigkeit ziemlich klein.

„Oh, guten Morgen, Lisa! Du bist aber früh dran", grüßte sie etwas verstört und nestelte schon wieder an ihrem Haargummi, was aus dem Wust von Haaren aber auch keine Frisur machen konnte.

„Lina!", verbesserte die Hauptkommissarin sie moderat und fügte lachend hinzu: „Der frühe Vogel fängt den Wurm!"

Die Frau sah sie ein wenig verständnislos an und deutete nach rechts: „Die Umkleidekabinen sind dort." In dem Moment klingelte das Telefon. „Ich muss!", zuckte sie entschuldigend mit den Schultern und riss den Hörer auch schon ans Ohr.

Während sich Ulli anscheinend mit dem Anruf einer dieser lästigen Werbefirmen intensiv beschäftigte, suchte Lina die Umkleidekabinen auf und kehrte bald im Sportdress zum Tresen zurück.

Das „Mädchen-für-alles" telefonierte noch immer. Sie hatte sich aber in den leeren Gymnastikraum zurückgezogen, um in Ruhe reden zu können. Also ging Lina kurzerhand am Tresen vorbei und sah sich die Geräte an. Ein älteres Ehepaar und zwei jüngere Männer trainierten dort in ihrem jeweils eigenen Rhythmus und grüßten sie mit einem Nicken.

Von „Karate Lars" fand Lina keine Spur.

Seufzend setzte sie sich auf einen der Ergometer, um sich erst einmal aufzuwärmen. Der Gerätepark war nicht auf dem neuesten Stand, aber das wäre ihr selbst dann egal gewesen, wenn sie hier wirklich nur hätte trainieren wollen. Die Atmosphäre war überaus entspannt und das Angebot durchaus akzeptabel.

Eine sehr schlanke übergroße Frau im mittleren Alter kam mit einem Putzeimer herein und grüßte freundlich. Derweil Lina das Wort Bohnenstange in den Sinn kam, sah sich die Dürre um und hob hier und dort ein gebrauchtes Papiertaschentuch, eine leere Trinkflasche und ein paar Fusseln auf. Dann wischte sie etwas lustlos den Tresen ab und begann gemächlich einige gebrauchte Gläser und Kaffeetassen zu spülen.

Ulli tauchte wieder aus dem Gymnastikraum auf und stellte das schnurlose Telefon auf die Station.

„Hast du Zeit für nen Kaffee, Greta? Dann mach ich uns eben zwei Tassen", fragte sie die Zugehfrau freundschaftlich. Diese nickte ihr lächelnd zu, während sie mit einer Seelenruhe das Geschirr abtrocknete. Die beiden Frauen wechselten, während der Kaffee mit lautem Blubbern durchlief, einige Worte, die Lina aufgrund der Geräuschkulisse nicht verstehen konnte. Schließlich nahmen sie jeder eine volle Tasse und setzten sich damit gemütlich an einen der vier Tische, die für solche Zwecke vor dem Tresen aufgestellt waren, und unterhielten sich weiter.

Plötzlich stürmte ein dunkelbrauner zotteliger nicht gerade kleiner Hund durch die Eingangstür, gefolgt von einem großen schlanken Mann mit einem kräftigen geflochtenen Pferdeschwanz. Der Köter kläffte wie wahnsinnig, bis der Mann neben den Tischen eine Decke für ihn ausbreitete, auf die er sich brav legte und ihm anschlie-

ßend ein Leckerli gab, das er in aller Ruhe ver-
speiste.

Alle Augen waren sofort auf den Neuankömmling
gerichtet. Der grüßte ganz gelassen und umarm-
te Ulli kameradschaftlich. Dann ließ er sich ebenfalls beim Tisch nieder und bekam vom „Mädchen-für-alles" eine Tasse Kaffee hingestellt.

Die Hauptkommissarin war alarmiert.

Der Hund lag zwar jetzt ruhig auf der Decke und
hob nur manchmal den Kopf, wenn die Trai-
ningsgeräte laute Geräusche machten. Aber es
war immerhin ein sehr kräftiger aggressiv wir-
kender Hund und dazu noch einer, zu dem die
Verstorbene vielleicht Kontakt hatte.

Während sie noch überlegte, wie sie nun weiter
vorgehen sollte, erhob sich der Unbekannte und
kam überraschend auf sie zu. Er war vielleicht
Ende Vierzig, sah im männlichen Sinne gut aus
und bewegte sich geschmeidig wie eine Raubkat-
ze. Seine ausgewaschenen Jeans saßen wie an-
gegossen. Dazu trug er ein knappes älteres T-
Shirt , das seinen Sixpack gut zur Geltung brachte
und eine Kaputzenjacke, die nun aber über dem
Stuhl hing.

Der Hund hatte kurz geknurrt, als sein Besitzer sich vom Platz erhob. Im Vorbeigehen tätschelte er ihm den Kopf und stand schon vor Lina, bevor diese sich richtig gefangen hatte.

„Ulli sagte mir, dass Sie an Trainingsstunden interessiert seien? Ich bin übrigens Lars." Es hatte ein sehr gewinnendes ungekünzeltes Lächeln mit ebenmäßigen weißen Zähnen und streckte Lina die Hand entgegen.

„Ach, so, Sie sind das", stotterte sie ein wenig überrumpelt und wischte sich die Rechte an ihrem Handtuch ab, bevor sie ihn begrüßte. Dann fügte sie schnell hinzu: „Ich heiße Lina und würde gern meine Angriffstechniken ein bisschen vervollkommnen."

„Ja, ich kann bestimmt ein paar Privatstunden zwischenschieben", meinte er nachdenklich. „Aber heute geht gar nichts! Ich bin hier den ganzen Tag voll beschäftigt."

Nachdem er ihr einige Fragen über ihr bisheriges Training gestellt hatte, die die Hauptkommissarin alle wahrheitsgemäß beantwortete, um sich nicht verdächtig zu machen, bot er ihr am Vormittag des nächsten Tages eine Unterrichtseinheit an. Sie sollte aber zu ihm nach Hause kommen.

„Keine Sorge, ich wohne in der Nähe. Hier haben Sie meine Karte", meinte er zum Schluss gutmütig lächelnd. „Und ich bin ein Ehrenmann. Die Ulli bürgt für mich." Den letzten Satz richtete er besonders laut an die kaffeetrinkenden Damen, die schon vor Neugierde die Ohren spitzten.

Auch der Hund richtete sich auf, als habe sein Herrchen gerufen. Lars trat zu ihm und streichelte ihn, während er in leisem beruhigendem Ton mit ihm sprach. Dann ergriff er seine Sporttasche und verschwand in den Umkleidekabinen.

Die Hauptkommissarin steckte die Visitenkarte sorgfältig ein und fuhr mit ihrem Gerätetraining fort. Der Ehrgeiz hatte sie gepackt und sie brachte sich ordentlich ins Schwitzen. Während dessen beobachtete sie wie eine kleine Gruppe von Männern und Frauen nach und nach eintrudelte, sich umkleidete und im, durch die Glasscheiben gut einsehbaren, Gymnastikraum mit dem Karatetraining unter Lars' Anleitung begann.

Sie trugen alle schwarze Gürtel und Lina wurde ein bisschen neidisch, als sie erkannte, dass der Trainingsstand der Gruppe außerordentlich gut war. Sie selbst war in Oldenburg Mitglied im Polizeisportverein. Aber ihr fehlte sehr oft die Zeit zum regelmäßigen Training. Sie hatte auch ihren

Karateanzug natürlich nicht bei sich. Aber als Meisterin im Improvisieren und in der Bewältigung von Krisensituationen würde sie den Termin mit Lars einfach ganz ruhig auf sich zukommen lassen.

Kaffeepause

Als Frau Eichhorn frisch geduscht aus dem Fitnesscenter ins Freie trat, fühlte sie sich super. Das Wetter war ansprechend, wenn auch ein kühler Wind wehte. Sie schloss ihre Jacke und setzte vorsichtshalber eine Mütze auf. Das würde zwar ihrer gerade so liebevoll geföhnten Frisur schaden, war aber besser gegen Erkältungen.

Voller Elan schwang sie sich aufs Fahrrad und radelte in Richtung Deich. Ihr Magen meldete sich mit verdächtigem Knurren. Also beschloss sie ganz spontan, das Café mit der tollen Aussicht, welches ihr von ihrem Balkon aus bereits am ersten Tag ins Auge gesprungen war, aufzusuchen.

Sie hatte Glück! Gerade als sie ihr Rad im Fahrradständer parkte, wurde das in anheimelndem ostfriesischen Blau gestrichene Haus geöffnet. Sie musste ein paar Treppen steigen, denn das Gebäude war auf den Deich gebaut. Aber nach dem Training waren ihre Muskeln warm und ihre

Beine fühlten sich wundervoll leicht an, da war jede Treppe ein Spaziergang für sie.

Erwartungsvoll trat sie durch die einladend aufstehende Tür ins Innere und wurde von einem angenehmen Duft nach frischem Kaffee und warmem Apfelkuchen empfangen.

Ein handgemaltes Schild wies darauf hin, dass man am Tresen bestellen musste. Sie war der erste Gast und wurde von der Bedienung überaus freundlich begrüßt. Ohne große Überlegung wählte sie einen großen Kaffee und ein Stück Apfelkuchen mit Sahne und begab sich mit ihrem Tablett an einen Tisch mit besonders schöner Aussicht auf den Strand und das Wattenmeer.

Ihr gefiel das ostfriesische Ambiente der Inneneinrichtung. Das typische Blau dominierte auch hier und wirkte auf sie gleichzeitig fröhlich, hell und anheimelnd. Der Kaffee war gut und der Apfelkuchen sensationell. Sie musste sich dieses Café unbedingt merken, es war sehr empfehlenswert.

Während sie sich dem geschmacklichen Genuss hingab, wanderte ihr Blick ungehindert in die Weite. Es segelten einige Schäfchenwolken über dem Wattenmeer mit seinem seltsamen satten dunklen Glanz. Weiter links am aufgeschütteten

Strand buddelten bunte Kinder im Sand oder suchten nach Muscheln und Steinchen für die Burgen, die sie mühsam schaufelten. Möwen schaukelten gelassen über der Szene.

Diese am blauen Himmel völlig harmlos wirkenden Vögel rissen sie unsanft aus ihrer friedlichen Illusion. Die übel zugerichtete Leiche von Barbara Siebert stand ihr schlagartig vor Augen und dadurch wurde ihre innere Harmonie auf brutale Weise wieder zerstört.

Die Reste ihres leckeren zweiten Frühstücks verzehrend, dachte Lina darüber nach, wie sie diesen Tag am sinnvollsten nutzen konnte. Denn auch, wenn es ihr in Norddeich ausgesprochen gut gefiel, wollte und konnte sie diesen Aufenthalt nicht endlos ausdehnen. Man erwartete kriminalistische Ergebnisse von ihr und ihr Vater in Oldenburg benötigte offensichtlich wieder einmal ihre Unterstützung.

Sie war innerlich erleichtert, dass ihre einzige Tochter Carina inzwischen in Wien studierte. Es bedeutete für sie eine private Baustelle weniger, weil das Kind, das sie als Alleinerziehende ständig stark gefordert hatte, nun endlich ein eigenes Leben führte. Außerdem hatte Carina es nicht allzu weit bis zu ihrem Vater, der in der Schweiz lebte und arbeitete. Dort hatte die Tochter auch ihre ersten Semesterferien verbracht.

Lina war ein bisschen neidisch, weil Vater und Tochter soviel Zeit beim Schilaufen miteinander hatten, während sie selbst, völlig eingedeckt mit Arbeit, einen typisch norddeutschen Schmuddelwinter durchmachte. Zum ersten Mal, seit sie mit Ricardo leiert war, hatte Frau Eichhorn keinen Schiurlaub nehmen können. Ja, nun bekam sie am eigenen Leib zu spüren, wie es war, wenn Eltern mit kleinen Kindern bei der Urlaubsplanung bevorzugt wurden.

Durch ein junges Paar, dass sich mit leckeren Waffeln und Latte Macchiato eingedeckt hatte, wurde sie aus ihren Gedanken gerissen. Die beiden wählten den Tisch neben ihr und lachten gerade lauthals über ein kunstvoll gemaltes Schild, was neben dem Tresen angebracht war.

Lina musste sich etwas verrenken, um den Text zu lesen:

„Sport gibt dir das Gefühl, dass du nackt besser aussiehst. Sekt übrigens auch."

Die Kommissarin konnte sich ein Schmunzeln nicht verkneifen. Dann räumte sie ihr Tablett ab und machte sich gut eingepackt mit dem Rad auf den Weg ins Polizeirevier nach Norden.

Der starke Rückenwind hatte sie in etwa zwanzig Minuten bis zum Marktplatz gepustet. Hier herrschte reges Treiben, weil offensichtlich Markttag war. Einige Händler packten ihre Waren bereits zusammen. Aber auf dem großen von alten Bäumen umstandenen Platz gab es noch unendlich viel zu beobachten.

Die Hauptkommissarin schob ihr Rad vorsichtig zwischen den typischen Marktständen und den Kunden, die teilweise in einen kleinen Plausch vertieft waren, hindurch. Kurz hielt sie inne, um sich drei wunderschöne rote Äpfel zu kaufen, denen auch Schneewittchen nicht hätte widerstehen können. Dann überquerte sie die schmale Straße zum Revier und stellte ihr Leihfahrrad in den dort vorhandenen Fahrradständer, der an diesem Tag schon fast voll gestellt war.

Auf ihrem Schreibtisch lag ein weiterer Bericht über die Auswertung der gefundenen Spuren. Daraus ging hervor, dass es sich bei den Hunden, die Barbara Siebert zerfleischt hatten, wahrscheinlich um eine wolfsähnliche Rasse gehandelt habe. Der Bericht legte nahe, an zwei Schäferhunde zu denken, die sehr dunkles Fell hätten und vielleicht aus einem Wurf stammten. Es waren Bissspuren und Haare untersucht worden, die derartige Rückschlüsse zuließen.

Es freute die Hauptkommissarin, dass sie ihre Vermutungen durch weitere Fakten untermauern konnte, und der Fall langsam in Fahrt kam. Mit diesem Bericht konnte man sich auf die Suche nach dem Hundebesitzer begeben. Wenn sie Glück hatte, stammte er aus der Gegend und wurde bald gefunden.

Sichtlich gut gelaunt suchte Lina das Büro von Kommissar Schumann auf. Sie traf den älteren Kollegen bei seiner Essenspause an, die er mit einer Thermosflasche voll Kaffee und mitgebrachten Broten am Schreibtisch zubrachte.

„Oh, entschuldigen Sie, Herr Kollege, ich möchte Sie nicht in Ihrer wohlverdienten Pause behelligen. Ich komme nachher nochmal vorbei", meinte Frau Eichhorn und wandte sich in der geöffneten Tür wieder zum Gehen.

„Ach, was, nun bleiben Sie schon! Sie können auch eine Tasse Kaffee bekommen. Und dann sagen Sie einfach, was Sie auf dem Herzen haben." Herr Schumann erhob sich gemächlich, um eine zweite Tasse aus dem Regal zu nehmen, während Lina sich lächelnd auf den Besucher-stuhl setzte.

„Ich hoffe, Sie mögen ihn ohne Milch, sonst müssten wir welche aus der Kaffeeküche holen." Man merkte ihm an, dass er das nur ungern wollte, deshalb trank die Hauptkommissarin den Kaffee ausnahmsweise schwarz. Er war so stark und süß, dass sie sich überwinden musste, das Gebräu zu schlucken.

Als sie den Mund wieder frei hatte, soweit das überhaupt möglich war, weil die klebrige Süße sich nicht so einfach von ihren Geschmacksknospen wegschlucken ließ, fragte Lina ihr Gegenüber: „Wie weit sind Sie eigentlich mit dem Aufruf an die Bevölkerung? Hat es da schon sachdienliche Hinweise gegeben?"

Der Kommissar kramte auf seinem Schreibtisch und zog schließlich mit spitzen Fingern eine Tageszeitung hervor, in der ein Artikel stand, der die Bevölkerung um Mithilfe bei der Aufklärung dieses Todesfalles bat. Lina überflog den kurzen Zeitungsbericht, während ihr Kollege sie zufrieden kauend dabei beobachtete.

„Der Aufruf war ja erst heute drin. Da kann man noch keine Wunder erwarten. Aber das Telefon ist besetzt, und wir notieren alle in dieser Sache eingehenden Anrufe gewissenhaft. Vielleicht wissen wir morgen schon mehr", nuschelte Schumann mit Krümeln zwischen den Zähnen. Dann nahm er einen Schluck von der süßen schwarzen Brühe und fragte die Kollegin: „Wie weit sind Sie denn inzwischen? Gibt es irgendwas Neues? Waren Sie schon in dieser Muckibude?"

Lina lachte. „Ja, ich hab mich in dem Sportcenter umgesehen und werde diesem Karatetrainer morgen Vormittag mal auf den Zahn fühlen. Noch weiß er nicht, mit wem er es zu tun bekommt."

„Na, da wird er ja sicher staunen!", grinste der Polizeibeamte breit und Lina fragte sich, ob er sie vielleicht verarschte.

Sie erhob sich verärgert und ließ die halbvolle Kaffeetasse, die ein mehrere Zentimeter langer Sprung zierte, einfach stehen.

„So, nun muss ich ein bisschen arbeiten, damit wir den Fall hoffentlich bald zum Abschluss bringen. Ich wünsche Ihnen noch einen angenehmen Arbeitstag!" Sie sagte es und war mit einem Schwung auch schon entschwebt.

Während sie durch die Tür zu ihrem kleinen Büro trat und diese kräftiger als nötig hinter sich ins

Schloss drückte, bemerkte sie den schmerzenden Knoten in ihrem Magen, der absolut nichts mit Hunger zu tun hatte. Verarschen ließ sie sich ungern. Darin besaß sie überhaupt keinen Humor.

Frauen hatten es, aller Emanzipation zum Trotz, immer noch schwerer als die männlichen Kollegen bei der Kripo. Sie hatte gelernt sich gegen viele Widernisse durchzusetzen. Ein bisschen enttäuscht war sie trotzdem, weil ihr der ältere Kollege hier vor Ort eigentlich von Anfang an ganz sympathisch erschien.

Aber nun wollte sie diesen unangenehmen Gedanken nicht weiterspinnen. Das führte ohnehin zu nichts und lenkte sie nur von den wirklich wichtigen Dingen ab, die unbedingt zu erledigen waren. Sie würde in Zukunft vorsichtiger mit ihren Äußerungen sein und wie gewöhnlich niemanden zu nah an sich heranlassen.

Lina trank ein Glas Wasser, nahm dann den Telefonhörer und wählte die Nummer ihres Vaters. Sie musste unbedingt erfahren, ob er schon beim Urologen gewesen war.

Das Telefon klingelte bis es sich nach dem zehnten Mal automatisch abschaltete. Einen Anrufbeantworter hatte der alter Herr aus Prinzip abgelehnt. Sie startete einen zweiten Versuch, vielleicht hatte er es ja nicht gehört oder war auf dem Balkon, um den erwachenden Frühling zu genießen. Einen Garten hatte ihr Vater leider nicht mehr, seit er in die Mietwohnung gezogen war, die ihrer genau gegenüber lag.

Als auch das zweite Durchklingeln ohne Erfolg war, tippte sie ihre eigene Festnetznummer ein. Vielleicht war wenigstens ihr Mitbewohner, Nobbi zu erreichen und konnte ihr Auskunft über ihren Vater geben.

„Ja, hallo, wer is denn da?", meldete sich Nobbi mit seinem unverwechselbaren berlinerischen Dialekt. Er freute sich sichtlich, dass Lina am Apparat war.

„Oh, der Big Boss un icke vermissen dich jewaltich, Eichhörnchen! Der is jetze jrade beim Dokter. Er kann nich richtich pieseln, weeßte?"

„Ja, ich hab schon mit ihm telefoniert und ihn gedrängt unbedingt schnell zum Urologen zu gehen. Harnverhalt ist keine tolle Sache und Prostatakrebs erst recht nicht", erklärte Lina ihm. „Ich wollte nur nachfragen, ob er schon beim Arzt war und was dabei rausgekommen ist."

„Ja, wie jesacht, er is jetze jrad hin. Aber – Prostatakrebs? Glaubste wirklich? Wird ja wohl nich so schlimme sin, oder?" Lina sah vor ihrem inneren Auge, wie der Freund sich erschreckt in den Schritt griff und musste trotz der Sorge um ihren Vater grinsen.

„Ich hoffe, dass die Sache nicht so übel aussieht, aber ohne Untersuchung kann man das nicht wissen. Männer sollten diese Vorsorgeuntersuchung nicht auf die leichte Schulter nehmen. Ich hab in meinem aktuellen Fall gerade einen schwer an Prostatakrebs Erkrankten, der offenbar unheilbar ist."

Nobbi grummelte vor sich hin. Obwohl er etwas jünger war, als die Hauptkommissarin, dachte er offensichtlich darüber nach, sich selbst auch einen Termin zu besorgen.

„Ich rufe Big Boss heute Abend an, dann wird er ja mehr wissen. Bestell ihm bitte liebe Grüße von mir, wenn du ihn nachher sehen solltest", verabschiedete sie sich schnell von ihrem Mitbewohner und besten Freund, weil sie bemerkte, dass der nun mit seinen Gedanken nur noch bei der Vorsorgeuntersuchung war.

Sie wusch einen der bildschönen Äpfel ab und biss herzhaft hinein. Das fruchtig-frische Aroma vertrieb endlich den hartnäckigen Nachgeschmack des ekligen Kaffees. Doch bevor sie richtig zum Kauen kam, klingelte ihr Telefon.

Vor Schreck fuhr ihr das Apfelstück beinahe in den Hals, und sie begann hysterisch zu husten, während ihr das Schneewittchen wieder in den Sinn kam. Vorsichtshalber spuckte sie das Stück Apfel in den Papierkorb, bevor sie sich am Telefon meldete.

„Ach, Frau Eichhorn, Sie sind es ja persönlich", hörte sie eine erleichterte weibliche Stimme sagen. „Hier spricht Carola Auermann. Ich möchte Ihnen nur kurz mitteilen, dass die Beisetzung meiner Schwester morgen um 14 Uhr in Norden stattfindet. Ich fahre im Anschluss gleich mit den Kindern zu mir nach Hause. Ich hab schon alles gepackt. Die Kinder müssen unbedingt Abstand gewinnen, und mein Schwager ist in seinem Zustand damit überfordert."

Die Hauptkommissarin bedankte sich für die Information. Die Anschrift von Frau Auermann in Bremen war ihr bekannt, sie gehörte auch nicht zu den Verdächtigen, also bestand kein Anlass, sie und die Kinder an einer Abreise zu hindern.

Sie nahm sich vor, an der Beerdigung teilzunehmen. Vielleicht konnte sie dort irgendetwas beobachten, was sie weiterbrachte. Dann räumte sie ihren Schreibtisch auf, verließ das Büro mit einem Gefühl der Erleichterung und fuhr gemütlich mit dem Rad zu ihrem Quartier in Norddeich zurück.

Trainingseinheit

Am nächsten Morgen wachte Frau Eichhorn mit Kopfschmerzen auf. Sie kannte hin und wieder solche Migräne-Anfälle, die offenbar mit ihrem weiblichen Zyklus zusammenhingen.

Mit zusammengebissenen Zähnen und blinzelnden Augen suchte sie nach dem Medikament, das sie immer bei sich führte. Dann nahm sie eine Dosis der Schmerztropfen und legte sich nochmal für eine Stunde hin, um die Wirkung des Mittels zu unterstützen.

Als der Schmerz schließlich nachließ, konnte sie den mit Terminen vollgepackten Tag endlich beginnen. Da sie keinerlei Appetit verspürte, aß sie nur einen der roten Äpfel und trank zwei Tassen Kaffee, die Frau Eilers ihr frisch aufbrühte. Die Frau war sichtlich verunsichert, weil die Hauptkommissarin weder für ein leckeres Frühstück, noch für einen kleinen Smalltalk zu begeistern war.

Während Lina schweigsam ihren Kaffee trank, kam ihr der Vater wieder in den Sinn. Sie hatte ihn am Abend wieder nicht erreichen können und machte sich nun doch langsam Sorgen. Auch Nobbi war wohl nicht zuhause gewesen, was sie aber nicht weiter erstaunt hatte, denn der übernachtete regelmäßig bei irgendwelchen Kumpels oder neuen Liebschaften.

Sie würde heute weiter versuchen müssen, jemanden von den beiden ans Telefon zu bekommen. Jetzt hatte aber ihr aktueller Fall absoluten Vorrang. Gestern hatte sie noch einiges über die Erziehung von Hunden und über deren unterschiedliche Charaktere gelesen. Auch über frühe Prägungen im Welpenalter. Allmählich wurde ihr klar, dass dieses Verhalten, welches die an der Tötung von Barbara Siebert beteiligten Tiere gezeigt hatten, nicht gerade normal war.

Es gab also hier irgendwo mindestens zwei Hunde, die für Menschen gefährlich waren. Sie würde sich mit der Aufklärung des Falles beeilen müssen, um weiteren Schaden zu verhindern.

Als erstes stand der Termin mit diesem Lars Janssen auf ihrem Programm. Sie packte ein paar bequeme Sachen in den geliehenen Rucksack, denn der Karateanzug lag zuhause in Oldenburg in ihrem Schlafzimmerschrank. Hoffentlich würde der Trainer deshalb nicht gleich misstrauisch, denn sie hatte vor, ihn mit der Frage nach Barbara Siebert total zu überraschen.

Sie fand den alten Bauernhof, auf dem Lars wohnte, ohne Schwierigkeit. Der Hund kam ihr sogleich kläffend entgegen. Lina blieb wie erstarrt stehen. Das Tier auch, hörte aber mit dem Gebell nicht auf, bis sein Herrchen die Tür öffnete und es zu sich rief.

„Hallo, Lina, entschuldigen Sie das Gekläffe, aber ‚Wombat' ist ein echter Wachhund." Der Trainer lachte entspannt und tätschelte dem Hund zärtlich den struppigen Kopf. Dann gab er ihm ein Leckerli und schickte ihn wieder in den verwilderten Garten, wo der Hund sogleich emsig zu buddeln begann, während der Trainer die Hauptkommissarin hereinbat.

Sie betraten einen großzügigen rot gefliesten Eingangsbereich, in dem sich an einer Wand mehrere Garderobenhaken befanden, daneben ein großer Spiegel, der wie vom Flohmarkt wirkte. Sonst war der Raum unmöbliert. Von der Decke baumelte eine Art altes Ochsenjoch, in das zwei betagte Lampen eingelassen waren. Es hing gerade so hoch, dass Lars darunter hindurch kam, ohne sich zu stoßen.

Während Lina ihre Jacke ablegte, plapperte der Hausherr in einer Tour.

„Wissen Sie, Wombat stammt ursprünglich aus Griechenland. Er ist eine absolute Promenadenmischung, eben ein echter Straßenköter. Das sind die robustesten." Er lachte wieder und strich sich mit einer jungenhaften Geste eine Haarsträhne aus dem Gesicht, denn er trug sein glänzendes sehr kräftiges Haar heute offen. Zu der üblichen weißen Hose seines Karateanzugs war er in ein sehr enges schwarzes T-Shirt gekleidet. Lina konnte den muskulösen austrainierten Oberkörper unter dem dünnen Stoff erahnen. Der Mann roch nach einem angenehm dezenten Herrenduft und frischem Schweiß. Wahrscheinlich hatte er schon eine Weile trainiert, um warm zu werden.

„Nur mit der Erziehung dieser Hunde klappt das manchmal nicht so leicht. Alexander, dem das Sporty gehört, hatte den jungen Hund von einem Heimaturlaub mitgebracht. Er wäre dort eingeschläfert worden, weil da viel zu viele Hunde wild auf den Straßen leben. Aber er wollte den unbedingt für das Fitnesscenter als Wachhund. Das ging gewaltig in die Hose. Wenn man von Hundeerziehung keine Ahnung hat, können solche Tiere zu einer Plage werden. Ich hab ihn dann genommen und einiges an Zeit und Nerven investiert, bis ich ihn soweit hatte, dass er gesellschaftfähig ist."

Frau Eichhorn hatte sehr aufmerksam zugehört, da sie gern noch viel mehr über Hunde erfahren wollte, als sie bisher wusste. Aber der Trainer entschuldigte sich jetzt bei ihr, weil er ihre wertvolle Zeit mit Geschwätz verplemperte, wie er sich ausdrückte. Er führte sie durch eine von vier Türen ins Innere des großen Bauernhauses und lieh ihr ohne das geringste Zögern einen frisch gewaschenen Anzug.

Sie zog sich in einem angrenzenden Bad um. Das war offensichtlich aus einem ehemaligen Zimmer entstanden. Früher gab es in diesen alten Höfen natürlich keine Bäder. Und bei der Renovierung entstanden dann eher großzügige Nassbereiche mit Wanne und Dusche, sowie zwei Waschbecken, in diesem Fall zusätzlich einem Bidet.

Als sie in den Trainingsraum zurückkam, entledigte Lars sich gerade vor ihren Augen des verschwitzten Shirts, um in seine weiße Jacke zu schlüpfen und sich mit dem schwarzen Gürtel ordnungsgemäß zu schnüren. Er war Träger des siebten Dan, wie er ihr anfangs gleich erklärt hatte.

Nachdem Lars Janssen, seinen Zopf mit sehr gekonnten Handgriffen geflochten hatte und sie beide sich mit bloßen Füßen und vorschriftsmäßiger Kleidung gegenüberstanden, verneigten sie sich voreinander und begannen wortlos mit einigen Aufwärm- und Dehnübungen.

Lina hatte nicht damit gerechnet, dass der Mann so attraktiv war. Es verunsicherte sie mehr, als ihr lieb war, dass sie kein Auge von seinen geschmeidigen Bewegungen und dem im Rhythmus dazu schwingenden mittelblonden Haarzopf lassen konnte, der im künstlichen Licht manchmal wie Kupfer glänzte. Bilder von mutig kämpfenden Wikingern schoben sich vor ihr inneres Auge. Sie hoffte, dass dieser Lars nicht in ihrem Gesicht lesen konnte, an was sie dabei dachte.

Als sie mit den verschiedensten Arm- und Beintechniken einige Angriffssituationen durchspielten, versuchte sie sich gut zu konzentrieren, um sich keine Blöße zu geben. Aber sie vermochte nicht zu verhindern, dass seine Berührungen kleine Schauer durch ihren ganzen Körper schickten.

„Du machst das eigentlich gar nicht so schlecht, Lina. Ist wohl ein guter Verein, wo du sonst trainierst?", unterbrach Lars die Übungen kurz. Lina schaute ihn nur stumm an, sie war nicht in der Lage, einen einzigen vernünftigen Ton herauszubringen und betrachtete, über seine Schulter hinweg, sehr interessiert den mächtigen ledernen Sandsack, der an Ketten von der Decke baumelte.

„Jedenfalls solltest du darauf achten, nicht zu viel und vor allem nicht zu lange auf Distanz zum Gegner zu gehen. Der hat dann jede Menge Zeit seine Strategie zu planen. Rück ihm lieber gehörig auf die Pelle. Du hast das Potential, jemanden die ganze Zeit unter Strom zu halten." Er blickte ihr so direkt in die Augen, dass sie spürte, wie ihre Knie weich wurden.

Um ihre Schwäche zu überspielen fragte sie ihn geradeheraus: „Sag, kennst du eigentlich Barbara Siebert?"

Lars starte sie nur mit offenem Mund an und hinter seiner Stirn schien es gewaltig zu arbeiten.

„Babsi? Bist du eine Freundin von ihr? Ich hab sie ein paar Tage nicht gesehen." Er nestelte höchst verunsichert an seinem schwarzen Gürtel.

Die Hauptkommissarin hatte inzwischen wieder zu ihrer Selbstsicherheit zurückgefunden, trat einen Schritt zurück und erklärte: „Herr Janssen, ich bin von der Kriminalpolizei. Entschuldigen Sie, dass ich einen anderen Eindruck erweckt habe, aber ich brauche von Ihnen ehrliche Angaben zu der Beziehung, in der Sie zu Frau Siebert standen."

„Polizei? Beziehung? Standen?", stammelte er und sah Lina entsetzt an.

„Ja, Frau Siebert ist leider verstorben, und ich überprüfe die Umstände ihres Todes", erklärte Frau Eichhorn ihm langsam und deutlich.

Er ließ sich im Schneidersitz zu Boden sinken und verbarg für einige Minuten den Kopf in den Händen. Lina musste sich zurückhalten, um ihm nicht tröstend übers Haar zu streicheln. Stattdessen wandte sie sich kurz ihrer Tasche zu und zog ihren Dienstausweis heraus. Es sollte ihr hinterher keiner nachsagen, sie habe sich nicht ordnungsgemäß ausgewiesen.

Lars sah sie verständnislos an, als sie ihm den Ausweis hinhielt. Dann winkte er nur traurig ab und begann schließlich zu sprechen: „Frau Siebert und ich waren seit fast einem Jahr eng befreundet. Ich hatte sie im Sporty kennengelernt.

Sie trainierte mehrmals in der Woche und das mit einer Ausdauer, die mir auffiel. Na, ja, ich hab sie einfach mal darauf angesprochen. Sie sah umwerfend aus, klasse Figur, tolle Ausstrahlung und hatte trotzdem ein extrem bescheidenes Auftreten. Ich wusste ja erst nicht, dass sie verheiratet war, und die drei Kinder hätte ich ihr niemals zugetraut, so mädchenhaft wie sie wirkte." Er sah betreten zu Boden und schwieg nun beharrlich.

„Sie hatten eine intime Beziehung?", fragte sie ihn nach ein paar Minuten direkt in die erdrückende Stille hinein, die zwischen ihnen den Raum unangenehm erfüllte.

„Ja, es ist eine intime Liebesbeziehung daraus geworden. Aber Babsi hatte ständig mit Skrupeln zu kämpfen. Sie versuchte andauernd, unsere Beziehung zu beenden. Wir stritten uns häufig in letzter Zeit, aber schließlich landeten wir doch immer wieder zusammen im Bett", erklärte er bereitwillig. Dann fügte er so leise hinzu, als spräche er nur zu sich selbst: „Und ich dachte, Babsi hätte sich nun doch gegen uns entschieden. Ich durfte sie ja keinesfalls anrufen, weil sie ihrem schwerkranken Mann nicht wehtun wollte, und im Sporty ist sie seit Anfang der Woche nicht mehr aufgetaucht."

Lina musste sich zusammenreißen, um nicht von der überwältigenden Trauer dieses Mannes mitgerissen zu werden.

Warum war ihr dieser sensible unwiderstehliche Kerl ausgerechnet in Verbindung mit ihrer Arbeit begegnet? Sie schien einfach im Privatleben kein besonderes Glück mit Männern zu haben. Im nächsten Augenblick bat sie jedoch ihren Ricardo innerlich um Verzeihung.

„Du wusstest also nicht, dass Frau Siebert ein Unglück zugestoßen ist?", fragte Lina nochmal nach, wobei sie versehentlich wieder in die vertraute Anrede verfiel.

„Glauben Sie mir etwa nicht, Frau… Wie soll ich Sie denn nun anreden?" Der Mann sah sie hilflos an.

„Hauptkommissarin Lina Eichhorn aus Oldenburg – ich hatte Ihnen ja meinen Dienstausweis gezeigt. Wir haben hier eine Sonderkommission gebildet." Sie zögerte, dem Zeugen mehr Informationen preiszugeben.

„Wie ist Babsi denn umgekommen? Ich kann das ganze einfach nicht fassen!" Lars erhob sich vom Boden und schüttelte gewohnheitsmäßig Arme und Beine aus.

Frau Eichhorn entschloss sich, ganz ihrem Bauchgefühl folgend, ihm reinen Wein einzuschenken: „Sie wurde tot am Deich gefunden. Genickbruch. Wahrscheinlich waren Hunde die Verursacher für ihren Sturz vom Fahrrad."

„Sie ist am Deich mit dem Fahrrad tödlich verunglückt? Wollte sie etwa zu mir?" Der Liebhaber sah sie verstört an.

„Nein, wir gehen davon aus, dass sie von Ihnen kam. Sie hatte unmittelbar vorher Geschlechtsverkehr gehabt", antwortete sie wahrheitsgemäß.

„Also ist es am Montag passiert? Dabei war sie ausnahmsweise mal so glücklich, als sie mich verließ. Diese Scheißköter! Das muss doch irgend so ein perverser Hundehalter sein, der die Biester da am Deich frei laufen lässt, obwohl sie gefährlich sind", schimpfte Lars nun vor sich hin.

„Ja, wir vermuten, dass es zwei oder mehrere größere freilaufende Hunde waren. Wir haben mikroskopische Proben gefunden und könnten sie den betreffenden Tieren zuordnen, wenn wir sie denn finden. Wie der Hergang allerdings war, ist noch unklar", antwortete die Hauptkommissarin.

„Alle Hunde jagen gern. Da passen Radfahrer total ins Beuteprofil. Sie bewegen sich schnell und fahren meistens weiter, auch wenn ein Hund sie jagend verfolgt. Da kann das Adrenalin in diesem Tierkörper schon mal ins Unerträgliche ansteigen. Dafür sind aber die Hundehalter verantwortlich. In dieser Jahreszeit sind Hunde sowieso überall an der Leine zu führen. Es ist schließlich Brutzeit", stellte Lars Janssen fest.

„Also, hat da wohl irgend jemand seine Tierhaltungspflichten mehrfach verletzt?"

„So, würde ich das auch sehen. Sie müssen nach jemandem suchen, der für solche Verstöße bekannt ist. Wenn der- oder diejenige hier aus dem Ort stammt, ist da vielleicht schon irgendwas beim Ordnungsamt oder der Polizei aktenkundig. Aber, wem sag ich das? Sie sind die Expertin."

„Na, mit Hunden kenne ich mich weniger aus. Aber in Akten krame ich natürlich immer wieder herum", meinte Lina lakonisch. Dann schloss sie eine Frage an, die ihr durch den Kopf schoss: „Wenn Barbara Siebert hier ständig mit dem Rad unterwegs war, hat sie Ihnen dann nie von irgendeinem Vorfall mit Hunden berichtet?"

Herr Janssen zog die Stirn in Falten. „Für gewöhnlich hatten wir andere Probleme zu bespre-
103

chen, wenn wir denn miteinander gesprochen haben, anstatt uns nur zu lieben. Sie stand ja ständig unter Zeitdruck." Er lächelte wie ein trauriger Clown. „Ich glaube aber, dass sie mich am Anfang unserer Beziehung mal darauf ansprach, was man gegen lästige freilaufende Hunde machen könne. Ich empfahl ihr eine laute Trillerpfeife oder Pfefferspray. Danach haben wir das Thema, soweit ich mich erinnere, nie mehr erwähnt."

„Was haben Sie am Montag gemacht, nachdem Frau Siebert Sie verließ?", fragte die Hauptkommissarin, um Janssens Alibi für die Tatzeit überprüfen zu können.

„Ich gebe montags immer Kurse in den hiesigen Schulen. Letzten Montag war ich in der Grundschule Norddeich und habe die dritten und vierten Klassen in Konfliktbewältigung geschult. Die Schulleiterin, Frau Neumann, kann das bestätigen", teilte der Zeuge bereitwillig mit.

Lina Eichhorn bat ihn, im Laufe des Tages das Aussageprotokoll bei der Dienststelle in Norden zu unterzeichnen. Dann zog sie sich in Windeseile um, und verabschiedete sich zügig, um den Papierkram noch schnell hinter sich zu bringen, bevor die Beerdigung stattfand.

Sie konnte nicht widerstehen, Lars zum Schluss den Tipp mit der Beisetzung zu geben, auch wenn das vielleicht unfair der Familie gegenüber war. Der Mann schien so tief betroffen, dass er ihrer Meinung nach wenigstens die Chance haben sollte, den letzten Weg seiner Geliebten unerkannt zu begleiten.

Die Beerdigung

Die Schreibtischarbeit ging Frau Eichhorn erstaunlich schnell von der Hand. Bald war das Protokoll über die Aussage von Lars Janssen unterschriftsreif. Sie brachte es rüber zu ihrem Kollegen Schumann, da sie ja später nicht mehr im Hause sein würde. Leider fand sie ihn nicht an seinem Schreibtisch, weshalb sie das Schriftstück gut sichtbar mitten auf der Ansammlung von Papieren positionierte. Sie befestigte einen Merkzettel daran, mit dem Hinweis, dass der Zeuge später zur Unterschrift vorbeikäme. Das müsste genügen!

Dann griff sie sich den Ordner, den sie von der Deichacht über die Vorfälle mit Hunden ausgeliehen hatte und machte sich schnell durch die Fußgängerzone auf den Weg zu Herrn Poppinga.

Sie hatte Glück und erwischte den jungen Mann gerade noch vor seiner Mittagspause.

„Oh, danke Frau Hauptkommissarin, dass Sie mir die Unterlagen persönlich zurückbringen. Haben Sie darin denn was Brauchbares gefunden?" Poppinga schien sich über ihren Besuch zu freuen. Er bat sie in sein Büro und wollte ihr sogar einen Kaffee machen. Aber Lina hatte wenig Zeit und war im Bezug auf Kaffee inzwischen ein gebranntes Kind, deshalb lehnte sie dankend ab.

„Nein, danke, sehr freundlich, Herr Poppinga! Ich bin wirklich nur auf dem Sprung. Gleich muss ich auch noch zu der Beerdigung des Opfers. Aus der Akte ging eigentlich nichts hervor, was mir weitergeholfen hätte. Diese Fälle, in denen Schafe von Hunden zu Tode gehetzt wurden, liegen auch schon lange zurück. Außerdem wurden sie offenbar nie aufgeklärt. Oder ist Ihnen noch etwas eingefallen? Vielleicht gab es ja mal Anzeigen wegen freilaufender Hunde am Deich?"

Poppinga zog die Augenbrauen auf eine seltsame Weise zusammen und kräuselte dabei die Nase, was ihm ein so ulkiges Aussehen verlieh, dass Lina ein Schmunzeln nur schwer unterdrücken konnte. Dann sprang er zum gegenüberliegenden Regal, kramte eine Weile darin herum und zog schließlich eine rote Mappe hervor.

„Das hier wäre das einzige, was mir dazu noch einfällt", erklärte er, während er Lina die Mappe entgegenstreckte. „Der Kerl, der diese Briefe an uns geschrieben hat, ist aber wahrscheinlich ein unverbesserlicher Querulant. Der meldet uns dauernd irgendwelche Verstöße und Ordnungswidrigkeiten. Vielleicht hat er zuviel Zeit oder ist sauer auf seine Nachbarn. Wir konnten in den meisten Fällen überhaupt nicht tätig werden, weil seine Angaben ungenau oder unvollständig waren. Manchmal waren wir auch gar nicht zuständig. Sie können die Pamphlete gerne mal mitnehmen und durchsehen. Ich weiß ja jetzt, dass Sie mir alles wieder zurückbringen." Er lächelte sein Große-Jungen-Lächeln und entließ Lina mit der Beschwerdemappe und den besten Wünschen für das Wochenende.

Mit der unter den Arm geklemmten Mappe hastete die Hauptkommissarin durch die verkehrsberuhigte Einkaufsstraße zurück zu ihrem Auto. Sie fuhr schnurstracks in ihre Unterkunft, damit sie schnell noch ihren etwas passenderen dunklen Mantel überziehen konnte. Zeit, um einen Blick in die rote Mappe zu werfen, hatte sie im Augenblick nicht, wenn sie pünktlich zur Beerdigung von Frau Siebert erscheinen wollte.

Der Friedhof lag an einer sehr ruhigen Einbahnstraße in Norden, an der reichlich Parkplätze vorhanden waren. Da keine Todesanzeige in der Zeitung veröffentlicht worden war, hielt sich die Anzahl der Trauernden in Grenzen. Die Hauptkommissarin beobachtete die Ankommenden sehr genau, um irgendwelche Auffälligkeiten zu registrieren. Aber es gab keinerlei besondere Vorfälle. Neben der ihr bekannten Familie nahmen nur einige alte Frauen an der Trauerfeier teil. Ob es sich bei diesen, sehr traditionell in schwarz gekleideten Personen, um Nachbarinnen oder in der Kirchengemeinde besonders engagierte Damen handelte, war für Lina nicht erkennbar und auch ohne Relevanz.

Lars Janssen nahm nicht an der Andacht in der Kapelle teil, tauchte aber später kurz auf dem Friedhof auf und beobachtete von weitem, wie der Sarg mit seiner Geliebten in die feuchte kalte Erde hinabgelassen wurde. Als Frau Eichhorn ihre Aufmerksamkeit für einen Moment auf die weitere Umgebung des Grabes richtete, war er plötzlich wie vom Erdboden verschluckt.

Die Kinder der Verstorbenen drängelten sich am offenen Grab um ihre wunderschöne Tante, die in ihrem edlen dunkelblauen Outfit, mit einem kleinen schlichten Hut, farblich abgestimmter

Handtasche und ebensolchen hochhackigen Schuhen, wie ein Model wirkte. Ihr seidiges Haar glänzte so unwiderstehlich in der Fühlingsonne, als mache sie Reklame für Shampoo.

Herr Siebert saß stumm und tief betrübt in seinem Rollstuhl. Er hob nicht einmal den Kopf, als Frau Eichhorn der Familie nochmals ihr Beileid aussprach und sich höflich von Frau Auermann und den wohlerzogenen Kindern verabschiedete.

Während Lina zu ihrem geparkten Wagen zurückging, wurde sie von tiefer Trauer, um diese von allen so geliebte Barbara Siebert, überfallen. Sie musste eine sehr schöne liebenswerte Frau und Mutter gewesen sein. Dieser geradezu sinnlos erscheinende gewaltsame Tod, warf immer wiederkehrende Fragen in ihr auf, die weit über das Kriminalistische hinausgingen, Fragen, die nach philosophischen Antworten zum Sinn und Zweck von Leben und Sterben verlangten.

Sie saß längst hinter dem Lenkrad und war fast beim Haus von Frau Eilers in Norddeich angelangt, als sie endlich von ihren trüben Gedanken ablassen konnte und ihre Umgebung wieder wirklich wahrnahm. Der Himmel strahlte inzwischen in einem unwiderstehlichen Blau und war nur leicht von einigen zarten Wolkenfetzen überzogen. Es schien in höheren Sphären ein starker Wind zu blasen, der keine niedlichen Schäfchenwolken zulassen wollte.

Sie ging direkt auf ihr Zimmer, um einer Unterhaltung mit ihrer Vermieterin zu entkommen. Für Smalltalk fühlte sie sich noch immer zu aufgewühlt und außerdem wartete die rote Mappe auf sie.

Genüsslich den letzten Schneewitchenapfel verspeisend, blätterte sie die Briefe eines Herrn Saatmann durch, der wirklich alles und jedes bei der Deichacht angezeigt hatte. Er wohnte in der Nähe des Deiches und ging wohl täglich dort mit dem Feldstecher auf die Pirsch. Ebensoviel Zeit verbrachte er wahrscheinlich auch an seinem Schreibtisch, wo er die getätigten Beobachtungen genauestens wiedergab, damit die Behörde die von ihm entdeckten Verstöße verfolgen könne.

Die Hauptkommissarin musste bei der Lektüre hier und da schmunzeln, wenn Jogger bis auf die Farbe der Schuhe und des Stirnbandes minutiös beschrieben wurden, weil sie zu dieser oder jener Uhrzeit durch die gesperrte Nationalparkzone gelaufen waren, ohne auf den Zuruf von Herrn Saatmann reagiert zu haben. Dieser

Mensch hatte sich wohl selbst zum Hüter über Wattenmeer und Deich erklärt.

Doch konnte ihm Frau Eichhorn eine gute Beobachtungsgabe nicht absprechen. Er hatte bei den Hundeverstößen auch die Tiere bis ins Kleinste beschrieben sogar ihre Rasse benannt, soweit sie sich korrekt einordnen ließen. Manchmal hatte er die Hundebesitzer beobachtet, wie sie aus dem Auto stiegen oder mit diesem wegfuhren. In diesen Fällen gab es neben den üblichen Angaben über Datum, Zeitpunkt, Beschreibung von Hund und Besitzer auch noch das Autokennzeichen.

Ihr wurde klar, dass sie diese vielen Briefe höchst genau durchlesen musste, weil ihr sonst vielleicht ein entscheidender Hinweis entgehen könnte. Sie sortierte den gesamten Inhalt der roten Mappe auf zwei Stapel. Der mit den für den Fall uninteressanten Vorgängen war glücklicherweise der dickere, wie sich nach und nach herausstellte. Sie musste das Licht einschalten, weil die Dunkelheit allmählich ins Zimmer kroch.

Ihr schmerzte der Rücken. Ob das vom anstrengenden Training im Fitnesscenter kam oder von der verkrampften Sitzweise in dem durchgesessenen Polsterstuhl, konnte sie nicht ergründen.

Jedenfalls lagen letztendlich vier Anzeigen des Querulanten ausgebreitet vor ihr auf dem Tischchen.

Sie erhob sich, reckte und streckte sich ausgiebig und öffnete für einen Augenblick die Balkontür, um die frische Abendluft vom Meer ins Zimmer strömen zu lassen. Sie benötigte einen klaren Kopf, damit sie in der Lage war, eine brauchbare Spur zu finden, wo es viele verwirrende Informationen gab.

Dann klingelte ihr Telefon.

Lina meldete sich nur mit „Hallo?" Sie war keineswegs bereit, sich von jedem bei der Arbeit unterbrechen zu lassen.

„Hallo, Eichhörnchen, icke bin et nur", hörte sie Nobbi an ihrem Ohr säuseln. Sie wurde nervös, weil sie vermutete, dass mit ihrem Vater etwas nicht stimmte.

„Ist was passiert, Nobbi?", fragte sie deshalb sofort.

„Nur die Ruhe, Eichhörnchen! Also, de alte Herr liecht schon in de Falle un ratzt. Er war total jeschafft nach dem Arztbesuch. De Dokter muss wohl son jrober Klotz sin. Big Boss war natürlich een bisschen scheenant dat erstemal uf dem komischen Stuhl. Da hat de Dokter zweemal zu ihm jesacht, er soll lockerlassen. Dann hater ihm eenfach een richtijen Klapps uf den Allerwertesten jejeben un sin dicke Finger rinjeschoben."

Nobbi holte für einen Moment Luft und Lina merkte ihm durch das Telefon sein Entsetzen an.

„Icke sach dir eens, zu dem Schlachter kriejen mich keene zehn Pferde!"

Sie versuchte ihren Freund zu beruhigen, um vielleicht über die drastische Schilderung der urologischen Untersuchung ihres Vaters hinaus, auch noch etwas über das Ergebnis zu erfahren, aber das gestaltete sich schwierig, weil Nobbi so geschockt war.

„Aber, Nobbi, so beruhige dich doch wieder! Du bist außerdem noch gar nicht in dem Alter für diese Vorsorgeuntersuchung, und es gibt genug andere Urologen. Was ist denn bei der Untersuchung herausgekommen?"

„Dat Erjebnis bekommt er in paar Taren. De Dokter tippt nich up Krebs, soll ehr ne Verjößerung sin. Dat kann man operieren oder so. Kann dir Big Boss morjen allet noch selbs verpissematucken. Icke hab jetze een Date mit

Mark", erklärte der Freund wieder etwas entspannter.

„Oh, *Mark* also! Ist das deine neue Eroberung?", neckte Lina ihn.

„Ob du et jloobst oder nich, dat is een echter Philosoph. Weeste, der lässt sone Sprüche ab wie ,Kein Mensch ist der Herr eines anderen, jegliches Miteinander ist ein Geschenk'. Det hab icke an den Eisschrank jepint. Dat is een echten Herrn. Der heeß van Heeren, Mark van Heeren — klingt doch adelich, wat meenste Eichhörnchen?" Nobbi schwelgte in frischer Verliebtheit und seufzte zum Schluss vernehmlich.

„Na, für mich hört sich das holländisch an. Aber ein Philosoph könnte er ja vielleicht trotzdem sein." Sie lachte entspannt. „Dann vergiss erst mal den blöden Urologen und mach dir einen schönen Abend mit deiner neuen Liebe, Nobbi. Ich telefoniere morgen mit Big Boß persönlich. Danke für deinen lieben Anruf."

Lina schloss nach dem Telefonat sofort die Balkontür, weil die feuchte Kälte bereits in jedem Winkel des Zimmers zu hocken schien und machte sich wieder über die Papiere her.

Der Querulant

Am Samstagmorgen erwachte Lina Eichhorn erst gegen zehn Uhr. Sie hatte sich am Vorabend nach dem ausgiebigen Studium der roten Mappe noch ausgehungert in den Ort aufgemacht. Es gab zahlreiche Restaurants, die sie alle bequem zu Fuß erreichen konnte. Ihr hatte der Sinn nach Fisch gestanden. Und sie war erst spät am Abend total gesättigt, mit einem kleinen Weißwein-Schwipps, sehr zufrieden mit sich und der Welt, in ihrem Bett gelandet.

Nun beeilte sie sich mit der Körperpflege und begab sich dann schnell zu Frau Eilers zum Frühstück. Die Frau war freundlich wie immer. Obwohl die Frühstückzeit eigentlich schon vorbei war, konnte sich Lina weder über den Kaffee noch über das Frühstücksei oder die Auswahl an frischen Brötchen beschweren. Die Vermieterin schien sich zu freuen, dass ihr Gast diesmal mit Appetit aß, nahm aber sehr einfühlsam von allzu viel Gerede Abstand.

Lina war zufrieden. Sie fühlte sich einigermaßen ausgeruht und hatte keine Kopfschmerzen. Der Muskelkater war auch auszuhalten.

Heute wollte sie sich nach Möglichkeit diesen selbsternannten Deich-Ranger vorknöpfen. Vielleicht konnte der ihr weiterhelfen. Er hatte mit Sicherheit viele Hundebesitzer aus der Umgebung schon intensiv beobachtet.

Die Anschrift des Mannes ging aus seinen Briefen an die Deichacht hervor. Frau Eilers hatte der Hauptkommissarin den Weg erklärt. Es war nur unweit vom Wohnort der Sieberts. Bei der dünnen Besiedlung in dieser Gegend hätte man die Familien als Nachbarn bezeichnen können.

Sie nahm den Wagen, weil sie hinterher noch kurz ins Büro wollte, um zu kontrollieren, ob Lars Janssen seine Aussage unterschrieben hatte.

Das Haus war typisch für diese Gegend. Es duckte sich förmlich in die flache Landschaft und trug ein rotes tief heruntergezogenes Dach über hartgebrannten rotbunten Klinkerwänden. Die Fenster waren eher klein und mit Sprossen versehen. Ringsherum erstreckte sich ein großzügiger Gartenbereich, der offenbar hauptsächlich dem Gemüseanbau diente. Einige unverwüstliche Frühlingsblumen streckten dennoch ihre Blütenkelche zwischen den exakten frischgeharkten und besäten braunen Beeten der Sonne entgegen.

Zur Eingangstür gelangte man über eine leicht gewölbte weißgestrichene Holzbrücke, die das Überqueren eines Entwässerungsgrabens ermöglichte, der das gesamte Grundstück umschloss. Derartige Gräben gab es hier überall. Sie hielten das sehr feuchte Gelände, das teilweise unter dem Meeresspiegel lag, seit Jahrhunderten trocken und versetzten die Einwohner erst dadurch in die Lage, hier Ackerbau und Viehzucht zu betreiben.

Bevor Frau Eichhorn an der Haustür klingeln konnte, wurde diese schon aufgerissen und ein untersetzter älterer Mann, ganz in olivgrün gekleidet und auf Filzpantoffeln, stand mit hochrotem Kopf vor ihr.

„Wir vermieten hier keine Zimmer! Sehen Sie vielleicht irgendwo ein Schild? Da müssen Sie zur Hauptstraße zurück und dort irgendwo fragen. Oder fahren Sie am besten direkt nach Norddeich rein, da gibt's Ferienwohnungen genug! Wir brauchen hier unsere Ruhe!", schrie er sie an, noch bevor sie einen einzigen Ton herausgebracht hatte.

Als er ihr danach die Tür vor der Nase zuschlagen wollte, stellte die Hauptkommissarin geistesgegenwärtig einen Fuß dazwischen und hielt ihm geistesgegenwärtig ihren Dienstausweis unter die Nase.

„Herr Saatmann, vermute ich mal! Bitte hören Sie mich einen Moment an. Ich bin von der Kriminalpolizei und möchte Ihnen einige Fragen stellen zu Ihren vielfältigen Beobachtungen in dieser Gegend", sagte sie freundlich aber nicht zu leise, denn viele Menschen, die selbst sehr laut sprachen, waren schwerhörig.

Als habe sie ein Losungswort gesprochen, ging die Tür sofort weit auf, und sie wurde hereingebeten. Herr Saatmann hatte die Schultern zurückgenommen und wirkte nun einen Kopf größer, als er nicht ohne Stolz in der Stimme sagte: „Ja, ich kenne mich hervorragend aus in dieser Gegend. Mir bleibt nichts verborgen. Endlich wird die Polizei mal auf die zahlreichen Gesetzesverstöße, die ich angezeigt habe, aufmerksam!"

Er unterbrach sich, indem er auf einen Hocker deutete, der neben einem Schuhregal im Eingangsbereich stand, und im lauten Befehlston kommandierte: „Ziehen Sie hier ihre Schuhe aus! Meine Frau kann nicht jedem hinterherwischen."

Dann führte er die Hauptkommissarin in die angrenzende Stube, in der es etwas muffig roch, die aber vor Sauberkeit und Ordnungsliebe glänzte. Die Möbel waren wahrscheinlich gleich nach der Hochzeit des Paares gekauft und seit dieser Zeit sehr pfleglich behandelt worden. Lina war bekannt, dass die Ostfriesen fast nur in der Küche saßen, wo sich wahrscheinlich auch die putzwütige Gattin im Augenblick befand. Die gute Stube war gewöhnlich Familienfeiern und hohen Festtagen vorbehalten. Deshalb wusste sie es besonders zu schätzen, dass der Mann sie hier hineinbat.

„Mich interessieren vor allem Ihre Beobachtungen zu freilaufenden Hunden am Deich. Es geht um einen Todesfall von Anfang dieser Woche, den wir aufklären müssen", erklärte Lina.

„Ah, die Sache mit der Siebert, nicht wahr?", fragte Herr Saatmann neugierig. „Sowas spricht sich hier schnell rum. Außerdem gab's da so einen Aufruf in der Zeitung."

„Ja, Barbara Siebert wohnte nicht weit von hier. Sie kennen Sie also näher?" Einen Hund schien es in diesem Haus zwar nicht zu geben, aber die

Kriminalistin konnte nicht wissen, in welchem Verhältnis der Mann zu der Getöteten stand, und ob er mehr als nur ein unbeteiligter Zeuge war.

„Nein, näher kenne ich die Leute nicht. Das sind keine Hiesigen. Der Mann ist Lehrer am Gymnasium in Norden. Sie wohnen erst ungefähr fünfzehn Jahre hier. Die Frau ist eine Stadtpflanze. Das hat man gleich gemerkt. Die sind auch nur für sich. Sie pflegen keine Nachbarschaft. Kommen nicht mal zum Osterfeuer", er rümpfte die Nase und machte eine abwertende Handbewegung.

Lina Eichhorn befragte den Mann eingehend nach seinen Beobachtungen. Er erzählte gern, laut und in aller Ausführlichkeit. Sie hielt ihn für vollkommen harmlos, soweit man von den lästigen Denunziationen sämtlicher Nachbarn mal absah. Es dauerte einige Zeit ehe sie ihm die Informationen entlocken konnte, die für sie wichtig waren. Aber dann hatte sie endlich zwei Hundebesitzer herausgefiltert, die in der Nähe wohnten und ihre Hunde ständig am Deich frei laufen ließen.

Herr Saatmann war in einem Fall mit einem Autokennzeichen und im anderen mit einer ungefähren Wohnortangabe herausgerückt. Sie notierte sich die Angaben und verabschiedete sich, erleichtert, von der muffigen Atmosphäre in die frische Frühlingsluft hinaus zu treten.

Nach einigen tiefen reinigenden Atemzügen stieg sie in ihr Auto und fuhr in Richtung Norden. Als sie in die Nähe der Bahnschranke kam, bemerkte sie, dass vor ihr zwei Wagen auf der Landstraße wendeten, weil offensichtlich der Bahnübergang gesperrt war. Sie sah schon von weitem mehrere Einsatzfahrzeuge von Feuerwehr, THW und Polizei mit eingeschaltetem Blaulicht. Das hatte ihr gerade noch gefehlt, dass sie jetzt einen Umweg nach Norden fahren sollte.

Sie hielt auf die Absperrung zu, um die Kollegen dazu zu überreden, sie durchzuwinken. Tatsächlich sah sie Fokko Classen schon von weitem. Er war sehr blass und wirkte überfordert. Sie hielt den Wagen an und stieg kurzerhand aus. Der Polizist sah sie und lächelte unglücklich, während er mit langen Schritten auf sie zu kam.

„Oh, da sind Sie ja schon, Frau Eichhorn! Wir wollten Sie gerade verständigen", rief er bereits von weitem.

„Was ist passiert, Fokko?", rutschte ihr heraus, obwohl sie sich eigentlich noch nicht mit Vornamen ansprachen.

„Ja, wenn wir das nur genau wüssten! Jedenfalls ist der Herr Siebert – Sie wissen schon, der von der toten Frau – vom ICE überrollt worden." Fokko Classen stand vor ihr wie ein begossener Pudel.

„Was? Sagen Sie das nochmal! Sind sie sicher? Der saß doch im Rollstuhl. Ich hab ihn gestern auf der Beerdigung seiner Frau noch gesehen." Lina war entsetzt. Sie blickte entlang der Schienen zur Unfallstelle, die von Menschen nur so wimmelte. Leicheteile wurden eingesammelt, der total verbeulte Rollstuhl war kaum noch als solcher zu erkennen. Den meisten Helfern stand hier der Schweiß auf der Stirn und das Entsetzen ins Gesicht geschrieben.

Ein junger Feuerwehrmann lehnte am Einsatzfahrzeug und trank einen Schluck aus seiner Wasserflasche. Er hatte eine ungesunde gelbliche Gesichtsfarbe. Als Lina ihn aufmunternd anlächelte, meinte er müde: „Das war schon der dritte derartige Einsatz in einem Jahr. Warum tun die Leute uns das nur an, sich auf diese grausame Art umzubringen? Der Lokführer steht auch unter Schock und musste ins Krankenhaus gebracht werden. Wir können froh sein, dass der Zug kaum besetzt war. Die handvoll Passagiere ist jedenfalls mit dem Schrecken davon gekom-

123

men." Er machte eine kurze Pause, in der er schnaufend atmete. „Nun müssen wir die blutigen Reste von den Schienen kratzen!" Er wandte sich einfach um und ging mit schweren Schritten zur Unfallstelle zurück.

Lina Eichhorn sah Fokko Classen hilflos an und zuckte die Schultern. „Was gibt es hier für uns noch zu tun?"

„Ja, es ist so wie immer, wenn wir gerufen werden, ist es meistens schon für alles zu spät!", antwortete er traurig. Dann fügte er betreten hinzu: „Ich meine jetzt natürlich nicht, dass unsere Arbeit überflüssig ist." Er machte eine Pause und schien an einem Kloß im Hals zu schlucken. „Ich hab vorhin mit dem Lokführer gesprochen. Ihm stand das blanke Entsetzen ins Gesicht geschrieben. Er hat nur immer wiederholt, dass er im letzten Moment vor dem unvermeidlichen Zusammenprall Blickkontakt zu dem Mann gehabt habe…" Classen schlug die Augen nieder und schluckte wieder. „Ich glaube, sowas vergisst man sein ganzes Leben nicht mehr!" Dann nestelte er ein Taschentuch hervor und schnäuzte sich geräuschvoll die Nase.

„War es definitiv eine Selbsttötung ohne Beteiligung anderer Personen? Konnte der Lokführer das wenigstens bestätigen?", fragte die Hauptkommissarin nochmal nach.

Der Polizist zog ratlos die Schultern hoch. Es schien ihm die Sprache verschlagen zu haben.

In diesem Moment erschien ein weiteres Dienstfahrzeug mit dem Kollegen Schumann und einer jüngeren Frau, die Lina nicht näher kannte. Da ergriff sie, ohne länger darüber nachzudenken, die günstige Gelegenheit vom Ort des grausigen Geschehens zu flüchten. Dies hatte wahrscheinlich nichts mit ihren Ermittlungen zu tun, wenngleich es in unmittelbarem Zusammenhang geschehen war. Sie würde alles gern den Kollegen vor Ort überlassen.

Fokko Classen lotste sie durch die Absperrung, und so konnte sie mit etwas Verzögerung doch noch auf direktem Weg nach Norden ins Büro gelangen.

Das ordnungsgemäß unterschriebene Protokoll lag auf ihrem Schreibtisch. Es war nicht so ruhig im Amt, wie sie es sich für einen Samstagmittag vorgestellt hatte. Wahrscheinlich waren wegen des Zugunglücks viele Beamte aus dem Wochenende geholt worden. Im Polizeidienst kannte man eben keine garantierte Freizeit, wenn man sich nicht gerade auf Urlaubsreise befand.

Frau Eichhorn konnte die letzten Eindrücke nicht so leicht abschütteln, wie es ihr lieb gewesen wäre. Sie wollte ihren Fall möglichst schnell abschließen, und nun schien sich alles wie verhext gegen sie zu wenden. Ganz ausgeschlossen war es immerhin nicht, dass bei dem seltsamen Unfall Fremdverschulden im Spiel gewesen war. Ob der Mann im Rollstuhl überhaupt so einfach ohne jegliche Hilfe auf die Bahngleise geraten konnte?

Na, sollte Kommissar Schumann das doch herausfinden! Vielleicht gab es ja auch einen Abschiedsbrief an die Familie? Damit wäre die Sache dann wenigstens endgültig außerhalb ihrer Zuständigkeit.

In Lütetsburg

Sie trank ein Glas Wasser und konzentrierte sich wieder auf die Angaben über die Hundebesitzer, die ihr von diesem Herrn Saatmann zur Verfügung gestellt wurden. Sie wollte Fokko Classen eigentlich zu den Vernehmungen mitnehmen. Irgendwie bereitete ihr die Konfrontation mit gefährlichen Hunden Magenschmerzen. Aber der Kollege war erst mal für nichts zu gebrauchen, das war ihr an der Unfallstelle klargeworden. Mit Schumann konnte sie auch nicht rechnen, der war im Moment vollauf beschäftigt.

Sie tätigte eine Abfrage wegen des Kraftfahrzeugkennzeichens und erhielt den dazugehörigen Namen einer Frau und deren Adresse in Lütetsburg. Dort würde sie loslegen!

Voller Tatendrang ging sie kurz in Schumanns Büro, weil da ein riesiger Plan der Umgebung an der Wand hing. Nach kurzem Suchen hatte sie die betreffende Straße gefunden. Sie befand sich unweit eines Parks in einer ruhigen Gegend. Lina fand mit ihrem Auto schnell zu dem entsprechenden Ort. Sie wunderte sich, dass eine Hundehalterin ihre Hunde soweit von zu Hause Gassi führte, wo es hier vor Natur nur so strotzte.

Das kleine Einfamilienhaus war von Efeu überwuchert. Nur die Fenster und die Türöffnung waren freigeschnitten. Alle Fenster hatten übertriebene Dekorationen, von Leuchttürmen über Seejungfrauen bis hin zu Puppen und seltsam gekleideten Teddybären. Lina musste mehrmals klingeln, bis ihr vorsichtig geöffnet wurde. Mit dem ersten Klingelton war im Haus ein aggressives Gebell losgegangen, das einfach nicht enden wollte.

Die kleine hutzlige Frau, die ihr die Tür nur einen Spalt weit öffnete, war altersmäßig sehr schwer einzuschätzen. Das Gesicht war von Falten überzogen, aber die Augen wirkten wach und wesentlich jünger als die gesamte hinfällige Erscheinung.

„Guten Tag, Frau Lohmeyer. Mein Name ist Eichhorn. Ich arbeite für die Kriminalpolizei und hätte einige Fragen an Sie." Die Hauptkommissarin hielt der Frau ihr Legitimationspapier hin. Die Hunde bellten ohne Pause.

Ihr Gegenüber schaute misstrauisch und unterzog dann den Dienstausweis einer genauen Überprüfung.

„Worum geht es denn?", fragte sie schließlich sichtlich nervös.

„Vielleicht könnten wir das drinnen besprechen?", versuchte Lina ihr Glück, in der Hoffnung, dass sie die Hunde in Augenschein nehmen konnte.

„Das geht eigentlich nicht. Sie hören ja, wie unruhig die Hunde sind." Die Frau machte keinerlei Anstalten, die Tür freizugeben, damit Lina eintreten könnte.

„Nun, Frau Lohmeyer, Sie werden doch die Hunde eben beruhigen können! Ich müsste sie mir ohnehin mal kurz ansehen." Die Hauptkommissarin blickte der wesentlich kleineren Frau energisch in die Augen.

„Ja, wenn es denn unbedingt sein muss. Ich muss meine beiden Lieblinge aber kurz anbinden. Sie sind keine Fremden gewöhnt", antwortete sie, schloss blitzschnell die Tür und verschwand für circa zehn Minuten in dem von Hundegebell dröhnenden Haus.

Als Lina endlich eingelassen wurde, bellten die Hunde noch immer irgendwo hinter geschlossenen Türen. Die Frau führte sie in eine geräumige Küche, die eigentlich ganz anheimelnd wirkte. Sie bot ihr einen Platz auf einem typischen Ostfriesensofa an, das mit einem in verschiedenen Blautönen gehaltenen Streifenmuster bezogen war. Auch hier befand sich überall diese übertriebene Dekoration. Neben ihr auf dem Sofa saßen mehrere Teddybären in verschiedenen Größen.

Da die Hunde im Nebenraum noch immer kläfften, musste Lina die Stimme sehr erheben, damit die Frau sie hören konnte: „Frau Lohmeyer, ich müsste ihre Hunde unbedingt mal kurz in Augenschein nehmen. Könnten Sie sie einen Moment hierher holen?"

Die Frau blickte sie fassungslos an und wackelte ganz entsetzt mit dem altersschwachen Kopf.

„Die Hunde kennen keine Fremden. Es könnte gefährlich sein…", stammelte sie.

„Sie führen doch Ihre Hunde immer in Norddeich Gassi. Sind dort denn keine Fremden?", versuchte es Lina weiter.

Das plötzliche Erröten der Hundehalterin ließ darauf schließen, dass ihr die Frage höchst unangenehm war. Sie fühlte sich ertappt und sah verlegen zu Boden.

„Wann waren Sie zuletzt mit Ihren Hunden in Norddeich Gassi, Frau Lohmeyer? Ich ermittle in einem Tötungsdelikt, deshalb sollten Sie mir die Wahrheit sagen." Die Kriminalistin war leicht genervt, das Hundegebell tat ein übriges.

„Wir sind ungefähr jeden zweiten Tag in der Früh am Wasser. Dann sind meistens keine Leute unterwegs. Meine kleinen Lieblinge mögen die Einsamkeit dort sehr. Sie jagen am liebsten über die Wiesen und Felder. Da können sie sich richtig austoben", erklärte die Frau bereitwillig.

„Waren sie am vergangenen Montagmorgen auch dort?", fragte Frau Eichhorn nun direkt.

„Montagmorgen? Nein, dass weiß ich ganz sicher. Da gehe ich immer zum Markt. Man braucht ja nach dem Wochenende frische Sachen." Die blanken blassblauen Augen blickten derart triumphierend, dass Lina fühlte, wie sich ihr Geduldsfaden zum Zerreißen spannte.

„Haben Sie auf dem Markt jemanden getroffen, der das bestätigen kann?", bohrte sie weiter, denn die Alte erschien ihr reichlich seltsam.

„Ja, selbstverständlich! Die Marktfrauen natürlich und einige Nachbarinnen. Aber ich gehe ja nie alleine zum Markt. Ich hole immer meine betagte Kusine mit dem Auto ab. Die wohnt zwei Straßen weiter und kann nur noch schlecht laufen. Wir packen dann ihren Rollator in den Kofferraum und fahren jeden Montag gemeinsam zum Marktplatz. Genügt Ihnen das Alibi?" Die Alte wirkte jetzt tatsächlich etwas patzig.

Verbissen notierte sich die Hauptkommissarin den Namen und die Anschrift der Kusine. Sie war aber fast sicher, dass diese die Aussage bestätigen würde. Jetzt fehlte nur noch der Blick auf die Hunde, um sich ein tragfähiges Urteil zu erlauben.

Frau Lohmeyer ließ sich noch eine Weile bitten, legte dann aber die Hunde an die Leine und brachte sie kurz in die Küche. Lina wünschte im nächsten Moment, sie hätte nicht darum gebeten.

Es handelte sich um zwei bullige Tiere mit kurzen Beinen und fledermausartigen Ohren. Das Fell war sehr kurz und eher dunkel- bis mittelbraun. Die Schnauzen nicht spitz, wie bei Schäferhunden, sondern flach und gedrungen. Nach erster Einschätzung kamen die Tiere von ihrer Rasse her nicht für die Tat infrage. Die Aggressivität überstieg jedoch alles, was Lina in ihrem bisherigen Leben im Zusammenhang mit Hunden erfahren hatte.

Die schmächtige Frau konnte die Tiere kaum bändigen und klammerte sich mit einer Hand am Türrahmen fest, um nicht von ihnen mitgerissen zu werden. Als die Hunde die Kriminalistin sahen, ließen sie keinen Zweifel daran, dass sie sie auf der Stelle zerfleischen würden, wenn man sie nur in ihre Nähe ließe. Die furchterregenden Gebisse troffen von Speichel, während das Gekläff jetzt immer wieder von bedrohlichem Knurren unterbrochen wurde.

„Sie können die Hunde wieder wegsperren. Es ist genug!", schrie Lina der Frau über das Kläffen hinweg zu. Sie musste ein Zittern ihrer Hände verbergen, als sie unauffällig nach ihrer Dienstwaffe tastete. Das kalte Metall unter ihren Fingern beruhigte sie ein wenig. Und als Frau Lohmeyer ohne ihre Hunde zurückkam, hatte die Hauptkommissarin sich soweit gefangen, dass sie in souveränem Tonfall mit ihr redete.

„Sie verstehen, dass ich Ihre Aussage überprüfen werde! Sie müssen Montag zu uns auf's Präsidium kommen und das Protokoll unterschreiben,

Frau Lohmeyer." Die Hunde knurrten jetzt hinter der geschlossenen Tür und kratzten ununterbrochen mit den Pfoten am Holz. Frau Eichhorn erhob sich und verabschiedete sich von der Befragten, ohne ihr die Hand zu reichen.

In der geöffneten Haustür drehte sie sich nochmals um und stellte fest: „Ihre Hunde sind sehr aggressiv. Ich werde überprüfen lassen, ob das Ordnungsamt in diesem Fall eine Maulkorbpflicht verhängen kann." Ohne das Entsetzen im Gesicht der Frau weiter zu beachten, trat Lina auf die Straße hinaus und fuhr so schnell sie konnte davon.

Sie merkte, dass sie unbedingt ein wenig frische Luft benötigte, um wieder auf den Boden der Ermittlungen zurückzufinden. Da kam ihr die wunderhübsche gepflegte Parkanlage gerade recht. Etwa dreihundert Meter entfernt kündete ein Hinweisschild einen großen Parkplatz für Besucher an. Sie stellte ihren Wagen dort ab und schlenderte einen Fußpfad entlang über die Straße zum Eingang.

Links stand ein großes Gewächshaus, in dem man Kaffee trinken und Kuchen essen konnte. Dann gab es noch einen kleinen Shop mit verschiedenen Mitbringseln und ganz interessanten

Büchern über die Region. Sie hielt sich hier jedoch nicht lange auf. Es zog sie in die Natur. Schon von weitem sah sie die blühenden Rhododendron in vielen verschiedenen Farben leuchten. Sie schritt tüchtig aus und öffnete dabei den Reißverschluss ihrer Jacke. Die Frühlingssonne hatte heute eine gewaltige Kraft, so dass es ihr in der wetterfesten Kleidung fast zu warm war.

Auf schmalen sandigen Wegen durchstreifte sie den Park mit seinen idyllisch gewundenen Wasserläufen, die hier und da von altertümlichen weißen Brücken überspannt waren und manchmal hinter einem blühenden Gebüsch oder den hängenden Zweigen einer Trauerweide unverhofft in kleine sonnenbeschienene Teiche mündeten. Überall standen weißgestrichene Holzbänke, die zum Verweilen und genießen des friedlichen Ortes einluden.

Lina hatte sich nach einer halben Stunde strammen Schreitens den Frust von der Seele gelaufen und schlenderte nun langsamer dahin, sich allmählich der Ruhe ihrer Umgebung öffnend. Es befanden sich seltsamerweise kaum andere Besucher im Park, obwohl es hier märchenhaft schön war.

Als sie an einem auf einer Erhöhung gelegenen runden mit Reet gedeckten Pavillon vorbeikam, stieg sie die paar Stufen hinauf, um den Blick von oben zu genießen. Dort, entspannt an das hölzerne Geländer gelehnt, schaute sie eine Weile in alle Richtungen über die blühenden Bäume und Sträucher hinweg. Deren kopfstehende seitenverkehrte Abbilder spiegelten sich überall in den Wasserflächen und verzerrten dadurch die natürliche Harmonie ins Fantastische. Lina atmete die duftgeschwängerte Frühlingsluft und fühlte sich für diesen Moment befreit von allem Übel und aller Traurigkeit, die ihr Beruf leider mit sich brachte.

Im Weitergehen suchte sie nach dem Gehölz, welches den unbekannten Duft verströmte und fand es tatsächlich am Fuße des kleinen Hügels. Sie betrachtete fasziniert die kelchförmigen in Dolden herabhängenden kleinen Blüten, die in einer leuchtend orangen Farbe strahlten, sog den Duft noch einmal in sich auf und fühlte wie helle Freude sie durchdrang. Sie hatte dieses Gewächs noch nie gesehen und kannte seinen Namen leider nicht, aber das war jetzt nebensächlich. Sie wollte ihr Gehirn auch nicht damit belasten, sondern nur dem freudigen Gefühl nachspüren, das ihren Körper so wohlig durchströmte.

Dann machte sie sich auf den Rückweg. Das stellte sich als nicht einfach heraus, da sie sich nicht auskannte und die Pfade in vielen Windungen durch die Anlage führten. Sie spazierte an zahlreichen verwunschenen Orten vorbei. Einige Bänke waren so alt, dass sie noch Inschriften in altdeutscher Schrift trugen. Sie hätte sich gewünscht, einen Fotoapparat zur Hand zu haben und genug Muße, um einige Eindrücke aus dem wundervollen Park auf diese Weise mit sich zu nehmen.

Als sie endlich beim Ausgang ankam, verspürte sie solchen Hunger und Durst, dass sie für eine Stunde in das kleine Café abtauchte. Dort wurde sie vorzüglich bedient und saß gemütlich unter rankenden Weinreben.

Als sie schließlich wieder in ihr Auto stieg, war sie satt, und sie fühlte sich erstaunlich gut. Automatisch schob sie ihre Lieblings-CD in den Player und fuhr der Abendsonne entgegen zur Küste zurück.

Bei ihrem Quartier in Norddeich angekommen, sah sich Hauptkommissarin Eichhorn einem traumhaften Sonnenuntergang gegenüber. Alles war in seltsam fremdes rötliches Licht getaucht, und am Himmel schwebten pudrige rosa Wölkchen. Das wirkte auf sie so unwirklich, wie auf einer Ansichtskarte, die man aus dem Urlaub an die Lieben zuhause schickte.

Eigentlich hatte sie vorgehabt, den anderen Hundebesitzer, der in Richtung Osterpolder wohnte, noch aufzusuchen. Nun erschien es ihr aber zu spät dafür. Sie war auch zu müde, um im Dunkeln den Weg durch die Wiesen und Felder zu suchen, den ihr Herr Saatmann ausführlich beschrieben hatte.

Also ging sie direkt in ihre Unterkunft und stellte sich gleich unter die Dusche. Danach betrachtete sie, in eine warme Decke gehüllt, das endgültige Versinken der roten Sonne im Meer durch die geöffnete Balkontür. Die leisen Geräusche lullten sie ein, und sie wäre bestimmt in dem Sessel eingeschlafen, wenn ihr Vater sie nicht in diesem Augenblick angerufen hätte.

Es war ein längeres Gespräch, das die beiden führten, und Lina war danach nicht mehr so entspannt. Ihr Vater sprach von einer notwendigen Operation, der er sich möglichst schnell unterziehen sollte, um einen drohenden Harnverhalt zu vermeiden. Seine Prostata war vergrößert. Auch wenn noch nichts für eine Bösartigkeit sprach, konnten dadurch enorme gesundheitliche Probleme entstehen.

Lina war fest entschlossen, ihren Fall schnellstens zum Abschluss zu bringen, um Big Boss in der schweren Zeit, die auf ihn zu kam, beizustehen.

Also würde es wieder keinen freien Sonntag für sie geben.

Sonntagsbeschäftigungen

Da sie den Hundebesitzer, der noch zur Überprüfung anstand, nicht gleich am frühen Sonntagmorgen aus dem Bett werfen wollte, fuhr Lina Eichhorn nach dem Frühstück erst einmal ins Büro. Diesmal war es hier so still, wie sie es an einem Sonntag erwartete. Die Pforte war natürlich besetzt, und Lina wurde entsprechend neugierig beäugt. Ansonsten lief wohl alles auf Notfallbesetzung hinaus. Sie begegnete im Treppenhaus niemandem und vernahm auch keinerlei Geräusch. Nicht einmal das Klingeln eines Telefons, störte die Stille in dem alten Gebäude.

Auf ihrem Schreibtisch lag ein Zettel mit mehreren Telefonnummern. Daneben standen die Namen der Anrufer, die Hinweise zum Tathergang oder zu eventuell beteiligten Personen geben wollten.

Der Hauptkommissarin war nicht ganz klar, ob sie sich diese potentiellen Zeugen noch vornehmen sollte, oder ob die hiesigen Kollegen da

140

schon tätig geworden waren. Sie schob die Liste also Richtung Telefon und nahm sich vor, sie für Montag aufzuheben, wenn sie im Büro wieder jemanden erreichen konnte.

Viel interessanter fand sie das Tagebuch, welches mit einem kleinen Schloss versehen ebenfalls den Weg zu ihr gefunden hatte. Sie nahm das dunkelrote Büchlein so vorsichtig in die Hand, als könne es im nächsten Moment zu Staub zerfallen.

Tagebücher waren stets sehr privat. Sie enthielten oft viele Geheimnisse, die der Schreiber mit niemandem teilen konnte. Lina hätte nicht gewollt, dass irgendjemand in ihrem Tagebuch herumschnüffelte und fühlte sich in diesem Augenblick wirklich erleichtert, dass sie bisher zu faul dazu gewesen war, eines zu führen.

Das harmlose Schloss war einfach aufgebrochen worden. Es hätte auch wohl nie den Zweck erfüllt, das Buch nachhaltig vor Unbefugten zu schützen. Es diente, solange es unversehrt war, lediglich dazu, dem Verfasser Sicherheit zu geben, dass der Text von niemandem, außer ihm selbst, gelesen worden war.

Lina blätterte in dem Büchlein. Die Handschrift war sauber und ordentlich. Die Buchstaben wirkten großzügig. Sie war zwar keine Graphologin, aber diese Schrift schien zu einer angenehmen Person zu gehören. Ein Name stand nicht darin.

Ihr Blick fiel auf einen Briefumschlag, der unter dem Tagebuch zum Vorschein gekommen war. Er war an sie adressiert. Irritiert legte sie das Buch aus der Hand und nahm den Brief aus dem unverschlossenen Umschlag.

Sehr geehrte Frau Eichhorn, las sie, während sie sich den Schreibtischstuhl heranzog.

Ich wende mich an Sie persönlich, damit meine letzten Worte nicht im Durcheinander der polizeilichen Ermittlungen, die meiner Selbsttötung zwangsläufig folgen werden, untergehen.

Weil ich ein vom nahen Tode gezeichneter schwerkranker Mann bin, halte ich in diesem Fall meine Entscheidung für die einzige Möglichkeit. Mein Leben hat inzwischen jeglichen Sinn und Zweck verloren und ist deshalb überflüssig.

Zwischen den Sachen meiner verstorbenen Frau fand ich gestern das beigefügte sehr persönliche Tagebuch. Ich lege es vertrauensvoll in Ihre Hände. Sie sind auch eine Frau und werden vielleicht verstehen, was Barbara so tief bewegte.

Mich hat der Verrat, den sie an unserer Familie begangen hat, sehr schockiert, und ich möchte nicht, dass meine Schwägerin oder meine Kinder dieses Buch jemals lesen.

Sicherlich wäre das auch zu vermeiden gewesen, indem ich das Machwerk einfach vernichtet hätte, aber ich will Ihnen, Frau Hauptkommissarin Eichhorn, die Gelegenheit geben, das Buch zur Unterstützung der Ermittlungen zu benutzen. Vielleicht finden Sie dort einen Hinweis, der Ihnen die

Aufklärung des schrecklichen Todes meiner Frau ermöglicht.

Der Schuldige soll nicht ungestraft bleiben!

Bitte vernichten Sie das Buch, wenn Sie es nicht mehr benötigen.

Mit aufrichtiger Hochachtung und letztem Gruß

Arno Siebert

Nachdem Lina Eichhorn den Abschiedsbrief von Herrn Siebert zweimal durchgelesen hatte, faltete sie ihn sorgfältig zusammen und schob ihn in das Kuvert zurück.

Es war also wirklich Selbstmord gewesen. Weitere polizeiliche Ermittlungen bezüglich dieses Vorganges fielen zumindest nicht in ihre Zuständigkeit.

Sie schaute auf die Uhr. Wenn sie noch vor Mittag bei dem Hundehalter aufkreuzen wollte, hätte sie vielleicht gerade mal eine Stunde Zeit, die sie für die ersten Seiten des Tagebuches verwenden konnte. Es galt, keine wertvollen Minuten zu verschwenden!

Die Eintragungen der Barbara Siebert waren alle mit Datum und Uhrzeit versehen, was Lina als einen großen Vorteil ansah. Begonnen hatte sie mit dem Buch vor ungefähr einem Jahr, genau, als sie dem Karatetrainer zum ersten Mal im Sporty begegnet war.

Lars war ja der Meinung gewesen, dass er sie zuerst bemerkt habe, aber dem war offenbar nicht so. Die Frau hatte ihn schon ungefähr vier Wochen, bevor er sie ansprach, beobachtet, während sie augenscheinlich konzentriert ihren sportlichen Betätigungen nachging. Sie hatte ihn als für sie unerreichbar bewundert und mehrfach von ihm geträumt. Deshalb hatte er leichtes Spiel mit ihr gehabt, als er sich ihr endlich zuwandte.

Lina las und las. Die Verstorbene hatte schonungslos über sich und ihre Gefühle geschrieben. Auch der tiefe Konflikt, zwischen der Hingabe an ihren kranken Mann und die Kinder einerseits, sowie der alles verzehrenden Leidenschaft gegenüber ihrem Geliebten andererseits, wurde glaubhaft und ausführlich immer wieder thematisiert.

Das Sonntagsläuten der Ludgerikirche auf dem Marktplatz drang durch das geschlossene Fenster in den stillen Raum und verlieh Linas Tun eine gewisse feierliche Bedeutung, die durchaus dazu passte, dass sie sich mit den Gedanken und Gefühlen einer Verstorbenen beschäftigte.

Die Hauptkommissarin musste sich schließlich von der Lektüre förmlich losreißen, weil sie die Worte derart in ihren Bann zogen, dass sie beinahe die Zeit vergessen hätte. Sie nahm Abschiedsbrief und Tagebuch an sich und begab sich zu ihrem Auto. Viele Menschen strömten zum Gottesdienst, während sie sich hinter das Steuer setzte und Richtung Norddeich davonfuhr.

Sie bog kurz vor Norddeich auf die Küstenstraße ab und folgte dann der Wegbeschreibung des Herrn Saatmann. Durch schmale mit Pflastersteinen belegte Bewirtschaftungswege führten sie die Angaben zwischen Wiesen und Feldern hindurch, die nur hier und dort an einem geduckten Landarbeiterhaus oder einem Gehöft vorbei führten. Die Wege waren nicht breit genug, um einem entgegenkommenden Fahrzeug auszuweichen. Nicht auszudenken, wenn ihr ein Traktor oder eine noch größere Landmaschine entgegengekommen wäre. Sie hoffte inständig, dass die Landwirte der Umgebung am Sonntag nicht arbeiteten, obwohl sie es natürlich besser wusste. Landwirte gehörten, genau wie sie selbst, zu dem Bevölkerungsteil, der kein regelmäßiges freies Wochenende kannte.

Mit viel Glück gelangte Lina ohne unangenehme Zwischenfälle zu einem Haus mit Nebengebäuden, das im typischen Stil der Gegend gehalten war und eher unauffällig zwischen großen Silberpappeln stand. Sie fuhr auf die breite Einfahrt, denn auf dem Pfad konnte sie das Auto nicht abstellen, zumal er an beiden Seiten von tiefen Wassergräben gesäumt war.

Das Haus wirkte verlassen.

Während sie ausstieg und sich noch fragte, ob ihr der alte Mann auch den richtigen Ort beschrieben hatte, hörte sie ein Motorengeräusch. Kurz darauf bog ein alter dunkelblauer Ford mit einem geschlossenen Spezialanhänger ebenfalls auf die Einfahrt.

Die Hauptkommissarin blieb erst einmal bei ihrem Wagen stehen. Sie konnte hinter dem Steuer des Fords einen dunkelhaarigen Mann im mittleren Alter erkennen. Er sah sie forschend an, stieg aus dem Auto und kam mit energischen Schritten direkt auf sie zu. Im Mundwinkel hing ein Zigarillo, das er auch nicht herausnahm, während er sie ansprach: „Was suchen Sie hier, gute Frau? Kann ich Ihnen vielleicht irgendwie behilflich sein?" Sein Ton ließ jedoch keinerlei Zweifel daran, dass er sie zum Teufel wünschte.

Hunde schien er jedenfalls zu besitzen. Sie regten sich bereits in dem Anhänger, der mit Lüftungsschlitzen und der Aufschrift „Hundetransport"'versehen war.

Sie lächelte ihn freundlich an und zog ihren Dienstausweis hervor. Leider kannte sie den Namen des Mannes nicht. Herr Saatmann konnte ihr in diesem Fall nur mit einer genauen Beschreibung von Herrchen und Hunden sowie deren Wohnort dienen. Aber sie war sich vollkommen sicher, an der richtigen Adresse zu sein, als der Mann jetzt drei große überwiegend schwarze Hunde aus dem Anhänger holte. Die Hauptkommissarin wusste nicht, ob es sich um reinrassige deutsche Schäferhunde handelte, jedenfalls waren sie groß und hatten spitze Schnauzen.

Es bedurfte nur einiger leiser Kommandos, die der Hundebesitzer mit befehlsgewohnter Stimme von sich gab, und die kräftigen Tiere legten sich ohne jegliches Bellen oder Knurren neben des Wagen.

„Ich bin Hauptkommissarin Eichhorn und hätte ein paar Fragen an Sie. Haben Sie vielleicht einen kurzen Moment Zeit für mich, auch wenn ich Sie leider am Sonntag stören muss?"

Der Mann sah sie misstrauisch an, nahm aber das Zigarillo aus dem Mundwinkel, warf es achtlos auf den Boden und versuchte sich an einem missglückten Lächeln, das gelbe Zähne freilegte, aber nicht bis zu seinen dunklen Augen vordrang.

Den Ausweis würdigte er keines Blickes.

„So, von der Kripo also! Um was geht es denn bitte? Ich hoffe, es ist wirklich wichtig. Schließlich habe ich meine Zeit nicht gestohlen", schnauzte er und grinste am Schluss breit über seinen unfreiwilligen Witz.

„Wir haben im Zusammenhang mit einem ungeklärten Todesfall einen Hinweis auf ihre Hunde erhalten", begann Frau Eichhorn vorsichtig.

Der Kerl zog die Augenbrauen hoch, blickte sie böse an und gab einen missbilligenden Laut von sich. Die Tiere bewegten die Ohren, blieben aber sonst still. Lina fühlte sich höchst unbehaglich. Sie hätte doch versuchen sollen, Fokko Classen aus seinem wohlverdienten Wochenende zu holen, um sie zu unterstützen. Langsam ließ sie die

Rechte in ihre Jackentasche gleiten und schloss die Finger um die Dienstwaffe.

„Sie gehen also an einem herrlichen Sonntagvormittag irgendwelchen zweifelhaften Hinweisen aus der Bevölkerung nach? Da tun Sie mir aber wirklich leid, wenn Sie nichts besseres zu tun haben, als unbescholtene Bürger in ihrer Freizeit zu belästigen." Er sah ihr mit einem unverschämten herrischen Blick in die Augen, ohne auch nur zu zucken.

Die Kriminalistin hielt dem Blick stand. Schließlich fragte sie in einem geschäftsmäßigen Ton, seine Unverschämtheiten geflissentlich überspielend: „Sie lassen Ihre großen Hunde häufig in Norddeich ohne Leine laufen. Waren Sie am vergangenen Montagmorgen dort ebenfalls unterwegs?"

„Wer behauptet das denn nun wieder? Meine Hunde gehorchen mir aufs Wort, deshalb brauchen sie gar keine Leine. Außerdem bin ich eher selten mit ihnen in Norddeich unterwegs. Das sind nur unsere kürzeren Spaziergänge. Diese Hunde brauchen viel Auslauf. Ich hab deshalb den Anhänger, um zu besser geeigneten Orten zu fahren." Er stemmte beide Hände in die Hüften. Seine bloße Präsenz ließ Lina innerlich erschauern und die Waffe in ihrer Hand schussbereit umklammern, falls er die Hunde auf sie hetzte.

„Ich kann Ihnen gern demonstrieren, wie die Hunde gehorchen", sagte der Unsympath und schlenderte ein paar Meter bis zur Haustür. Die Hunde bewegten sich keinen Millimeter. Dann nahm er eine kleine Pfeife aus der Jackentasche und blies hinein. Lina hörte fast keinen Ton, aber die Hunde schnellten hoch und rannten geschwinder zu ihrem Herrchen, als sie hätte reagieren können. Dort setzten sie sich auf seinen Befehl ruhig hin.

So sehr es sie auch ärgerte, sie musste bestätigen, dass dieser Hundehalter seine Tiere völlig im Griff hatte. Sie ließ sich also noch die Personalien des Mannes geben, sowie die Angaben zu seinem Aufenthalt zur Tatzeit und bat ihn, ebenfalls am nächsten Tag aufs Revier zu kommen, um das Protokoll zu unterschreiben. Dann verabschiedete sie sich schnellstens.

Er konnte kein direktes Alibi für den Montagmorgen vorweisen, da ihn auf seinem längeren Streifzug durch einsame Wiesen und Felder Richtung Hagermarsch angeblich keiner gesehen hatte, aber das ließ ihn eher unverdächtig erscheinen.

Ihr blieb nun nichts mehr zu tun, als die Aussageprotokolle in den Computer zu tippen, damit sie Montagmorgen gleich vorlagen. Anschließend konnte sie sich dann in Ruhe dem Tagebuch von Frau Siebert zuwenden, in der vagen Hoffnung, dort irgendeinen brauchbaren Hinweis zu finden.

Als sie das Büro am Mittag wieder verließ, war das Wetter noch wärmer geworden. Sie verspürte solchen Hunger, dass sie sich direkt zu dem kleinen Bistro begab, wo sie schon einmal ihre Mittagspause verbracht hatte.

Während sie in den Neuen Weg abbog, sah sie von weitem, dass Strandkörbe auf dem Platz vor dem Lokal aufgestellt waren und bereits einige Gäste dort gemütlich Platz genommen hatten. Sie fand einen freien Tisch und setzte sich ebenfalls in einen Strandkorb.

Das war Urlaubsfeeling pur!

Lina widmete sich ganz entspannt dem Essen und saß dann noch bei einem Cappuccino. Der Frust schien langsam nachzulassen. Sie wollte später noch einen kleinen Spaziergang am Meer machen und sich dann der Lektüre des Tagebuches für den Rest des Tages widmen.

Am späten Nachmittag kehrte sie in ihre Unterkunft zurück. Sie hatte unterwegs ein Eis gegessen und ausreichend frische Luft und Bewegung gehabt, trotzdem nagte es ein wenig an ihr, dass die Aufklärung des Falles einfach keine Fortschritte zeigte.

Hinweise

Während sich vor ihrem Fenster die Sonne allmählich dem Horizont näherte und ihr Farbenspiel begann, vertiefte sich Lina wieder in das dunkelrote Büchlein.

Die Sensibilität der Schreiberin sprach aus jeder Eintragung. Sie sorgte sich um ihren kranken Mann. Sie sorgte sich um die Zukunft oder die Gesundheit der Kinder. Sie dachte über das Leben ihrer Schwester Carola nach, das so anders verlief, als ihr eigenes. Und immer wieder füllten die romantischen Begegnungen mit Lars oder ihre diesbezüglichen Gewissensbisse die dichtbeschriebenen Seiten.

Dann traf die Hauptkommissarin auf einen kleingefalteten Brief, der mit Klebestreifen zwischen zwei Seiten geheftet war.

Sehr vorsichtig löste sie ihn heraus, damit er nicht zerriss. Herr Siebert hatte ihn offensichtlich übersehen, oder er war zu frustriert gewesen, um ihn zu lesen.

„Lars, mein Liebster,

gerade bin ich aus deinen zärtlichen Armen wieder in mein eigentliches Zuhause zurückgekehrt. Ich habe meinen Mann wie immer mit einem Judaskuss begrüßt und mich dann kurz in mein Zimmer zurückgezogen, um dir zu schreiben.

Ich halte diese Situation einfach nicht mehr aus!

Du kennst mich schon sehr gut und weißt, dass ich eine anständige Frau bin. Lügen fällt mir enorm schwer. Die kritischen Blicke, die mir mein Mann immer öfter zuwirft, lassen mich erröten und die Augen niederschlagen. Bis jetzt hat er mich nicht gefragt, was mit mir los ist, aber es wird der Tag kommen. Er ist schließlich nicht dumm, nur schwer krank.

Meinen drei entzückenden Kindern kann ich nicht mehr unbefangen gegenübertreten. Ich bin dabei, meine wundervolle Familie zu zerstören, nur weil du zufällig in mein Leben getreten bist.

Ja, das ist alles unglaublich schön, was uns miteinander verbindet. Ich bin sogar sicher, dass ich und du unter anderen Umständen das ideale

Paar wären. Aber lässt sich auf Lug und Trug etwas wirklich Gutes aufbauen?

Soll ich nun täglich darauf hoffen, dass Arno bald stirbt, damit ich für unsere Beziehung frei werde?

Nein, solch ein Mensch bin ich nicht! Verantwortung ist für mich niemals nur eine leere Floskel gewesen, und das weißt du, weil du mich wirklich kennst.

Wenn ich dir das alles versuche persönlich zu sagen, streiten wir uns wieder und am Schluss küsst du mich leidenschaftlich, und wir landen in deinem Bett.

Ich schreibe dir, weil es mir ernst ist. Wenn ich nicht an dieser Liebe zu dir kaputt gehen will, muss ich jetzt einen Schlussstrich ziehen. Es kommen schwere Zeiten auf mich zu. Wenn Arnos Krankheit dem Ende zugeht, brauche ich all meine Kraft.

Bitte verstehe mich und sei mir nicht böse.

Mit unendlicher Sehnsucht und Liebe

Deine Babsy"

Lina schluckte energisch gegen den Kloß in ihrem Hals an und verhinderte nur knapp, dass ihr Tränen in die Augen stiegen.

Dieser Brief hatte seinen Empfänger nie erreicht. Die Frau hatte wahrscheinlich den Mut doch nicht aufgebracht, sich von ihrem Liebhaber endgültig zu trennen. Die Eintragung, neben der diese Nachricht klebte, war über zwei Monate alt. Vielleicht hatte sie den passenden Zeitpunkt abwarten wollen. Er war nur nie gekommen.

Langsam faltete Lina den Brief wieder zusammen und legte ihn auf den kleinen Tisch. Sie würde ihn Lars Janssen in den nächsten Tagen noch zustellen. Dort wäre er in guten Händen. Das Tagebuch könnte sie dann später immer noch vernichten.

Sie trank ein Glas Wasser und schaute kurz auf den faszinierenden Sonnenuntergang, dann wandte sie sich wieder der Lektüre zu.

Drei Eintragungen weiter erstarrte sie beinahe.

„Heute haben mich wieder diese großen schwarzen Hunde gejagt. Der Halter ist unverschämt, dass er die Tiere einfach freilaufen lässt. Ich hatte natürlich weder Pfefferspray, noch die Trillerpfeife dabei, um die Hunde in die Flucht zu schlagen.

Eigentlich dürfen die direkt am Wasser gar nicht laufen, weil da Schafbeweidung ist und absolutes Hundeverbot.

Ich hab vor Angst so laut geschrien, wie noch nie in meinem Leben. Im letzten Moment, bevor mich die Hunde erreichten, tauchte der Mann über dem Deich auf und rief die Tiere mit einer Hundepfeife zurück. Ich bin vom Rad gestiegen, um ihn zur Rede zu stellen. Der kam mit den Hunden direkt auf mich zu. Im Mundwinkel hatte er ein Zigarillo. Er grinste mich blöde an. Da hab ich ihm mal gehörig meine Meinung gesagt. Es war ja immerhin nicht das erste Mal, dass die Tiere mir gefährlich nahe kamen. Aber die Hunde knurrten nur böse, und der Blödmann gab mir gar keine Antwort. Er pustete mir ekligen Rauch ins Gesicht, drehte sich einfach um und ging lachend mit den Hunden davon.

Ich zitterte noch immer, als sie schon hinter dem Deich verschwunden waren. Ich muss mir unbedingt Pfefferspray besorgen! Vielleicht kann ich den Mann auch anzeigen. Ich werde mal mit L. darüber sprechen, der kennt sich mit Hunden aus."

Es folgten noch einige Sätze über ihre älteste Tochter Maren, die die Hauptkommissarin aber jetzt überhaupt nicht mehr interessierten. Sie notierte sich das Datum der Eintragung und lehnte sich dann in den Sessel zurück, während ihr Kopf plötzlich arbeitete wie im Akkord.

Sie dachte an das Zigarillo, das sie am Tatort gefunden hatte. Die Hunde würden auf jeden Fall anhand eines DNA-Abgleiches identifiziert werden können. Der Halter hatte außerdem kein stichhaltiges Alibi.

Es wäre schön, wenn sie nun mit jemandem reden könnte, der ihr half, ihre wirren Gedanken zu ordnen. Leider meldete sich ihr Vater wieder nicht am Telefon. Ihr fiel ein, dass er Sonntagsabends oft in seiner Stammkneipe, einer Sportbar, Fußball guckte und hinterher noch mit seinen alten Freunden fachsimpelte. Wahrscheinlich hatte der HSV am Abend gespielt.

Ihr Blick ruhte auf dem zusammengefalteten Abschiedsbrief.

Ehe sie sich noch darüber klar war, was sie da eigentlich tat, schlüpfte sie in Schuhe und Jacke, steckte den Brief ein und verließ das Haus. Als sie auf die Uhr in ihrem Wagen schaute, war es schon fast zweiundzwanzig Uhr. Manche Leute sind um diese Uhrzeit schon bettfertig, schoss es ihr kurz durch den Kopf. Doch sie setzte zielstrebig ihren Weg fort. Bis sie an der Tür des Karate-trainers klingelte.

Er musste noch wach sein, denn sie hatte hinter einem der Fenster Licht gesehen.

Kurz darauf öffnete Lars die Tür. Er trug das lange Haar offen. Es war noch feucht. Wahrscheinlich hatte er geduscht. Ein flauschiger dunkelblauer Bademantel reichte ihm bis zu den nackten Knien und gab sowohl einen Blick auf seinen makellosen kräftigen Brustkorb als auch auf seine strammen Waden frei.

Der Mann sah sie erstaunt an.

„Was ist passiert?", fragte er nur und ließ sie sofort eintreten.

„Ich muss unbedingt mit Ihnen reden, und außerdem habe ich etwas für Sie." Lina hängte die Jacke an einen Haken und nahm den Brief aus der Tasche.

Lars bat sie in eine gemütliche Wohnküche, in der ein Radio lief, das eine Diskussionsrunde übertrug. Lina hatte keinen Sinn für irgendwelche Ablenkungen und kam gleich zur Sache.

„Ich möchte Ihnen diesen persönlichen Brief von Frau Siebert geben. Vielleicht bedeutet er Ihnen etwas. Sie hat ihn zwar nicht abgeschickt, sondern in ihrem Tagebuch versteckt, aber er mag für Sie eine Erinnerung darstellen. Er würde sonst doch nur vernichtet." Sie schob den zusammengefalteten Bogen vorsichtig über den Küchentisch, an dem er wieder Platz genommen hatte.

Während er den Brief erstaunt auseinanderfaltete und aufmerksam las, setzte sich die Hauptkommissarin ihm gegenüber auf einen Stuhl. Auf dem Tisch standen eine Flasche Rotwein und ein halbvolles Glas. Daneben lag eine aufgeschlagene Zeitschrift.

„Das ist starker Tobak!", sagte der Mann, indem er den Brief so behutsam auf den Tisch legte, als wöge er schwer in seiner Hand und könnte bei einer unbedachten Bewegung zersplittern. Dann glättete er mehrfach wortlos mit beiden Händen die Falten im Papier.

Frau Eichhorn ließ ihn eine Weile gewähren. Sie wollte ihn nicht gleich mit ihren Fragen aus seinen Gedanken reißen.

Plötzlich stand er auf, ging zum Schrank und kam mit einem zweiten Weinglas zurück, das er vor sie hinstellte.

„Sie werden doch jetzt sicher ein Glas Rotwein nicht ablehnen. Wahrscheinlich sind Sie ja nicht mehr im Dienst?" Er schenkte schon ein, bevor die Hauptkommissarin widersprechen konnte.

„Na, gut! Ein Schluck Wein wird an dem Durcheinander in meinem Kopf wahrscheinlich auch nichts verschlimmern", meinte sie lächelnd und prostete ihm kurz zu. Der Wein war trocken, vollmundig und genau richtig temperiert.

„Wissen Sie, Lars, ich hab in dem Tagebuch Ihrer Freundin einen wichtigen Hinweis auf eine mehrere Wochen zurückliegende Hunde-Attacke gefunden. Erinnern Sie sich vielleicht, ob Sie ihnen davon erzählt hat?" Sie spielte nervös mit ihrem Weinglas und sah ihn sehr ernst an.

Der Liebhaber konnte sich aber nicht daran erinnern, dass Barbara Siebert ihm irgendetwas derartiges erzählt hatte. Als sie ihm das genaue Datum nannte, fiel ihm ein, dass er zu dieser Zeit für drei Wochen in Amerika gewesen war.

„Ich bin etwas unsicher, weil ich wahrscheinlich mit dem Hundebesitzer heute Vormittag gesprochen habe. Er wirkte so, als habe er seine großen Tiere vollkommen im Griff. Sie gehorchten ihm aufs Wort. Dass er mir unsympathisch war, macht ihn ja nicht gleich zum Verdächtigen", ließ ihn Lina an ihren Überlegungen teilhaben.

„Wenn er die Hunde frei laufen lässt, kann unter Umständen trotzdem eine bedrohliche Situation mit einem Radfahrer entstehen. Er muss ja nur zu spät reagieren oder die Situation nicht gleich erfassen. Hunde sind Tiere mit vielerlei Instinkten und deshalb im Grunde unberechenbar", antwortete er und nahm einen Schluck aus seinem Glas.

Sie diskutierten noch eine Weile und beleuchteten die Sachlage von allen Seiten. Der Radiosender hatte nach Beendigung der Diskussionsrunde inzwischen auf Schmusemusik umgestellt, und die Weinflasche war geleert.

Lina hatte ihre Gedanken ganz gut sortiert und sich die weitere Vorgehensweise zurecht gelegt. Sie war Lars Janssen dankbar für seine konstruktive Unterstützung. Aber sie fühlte sich auch allzu wohl in seiner gemütlichen Küche und seiner anregenden Gegenwart. Es kam ihr seltsam vor, dass sie den Mann eigentlich kaum kannte, aber aus dem Tagebuch so viele intime Dinge über ihn wusste, als wäre er nicht nur der Liebhaber einer Anderen gewesen.

Sie schaute auf die Küchenuhr und sagte betroffen: „Oh, es ist ja schon gleich Mitternacht! Ich hoffe, dass Sie nun noch genug Schlaf bekommen. Bestimmt fängt Ihr Tag auch wieder früh an."

Er lächelte unwiderstehlich und geleitete sie sehr charmant zur Tür.

„Ich komme mit wenig Schlaf aus. Machen Sie sich mal keine Sorgen, Lina." Seine sexy Stimme bereitete ihr Gänsehaut. Dann näherte er sich ihr soweit, dass sie sein angenehm frischer Duft umwehte. Sie konnte das Zittern, das ihren Körper sofort erfasste, nicht verhindern und stand hilflos da.

„Dann küsst du mich, und wir landen wieder in deinem Bett..." Sie sah die Zeilen aus dem Brief vor sich. Seine Augen waren für einen Moment so nah, dass sie darin zu versinken drohte.

Doch sie war nicht Babsy! So küsste er Lina lediglich freundschaftlich auf die Wange und wünschte ihr eine gute Nacht.

Wie sie zurück zu ihrem Quartier gekommen war, wusste sie hinterher nicht mehr. Ihr Herz schlug noch immer zu schnell, als sie im Bett lag und verzweifelt versuchte einzuschlafen.

Sie konnte nicht verhindern, dass Bilder in ihrem Kopf aufstiegen, wirklichkeitsnahe Bilder, die in ihr starke Gefühle auslösten. Waren es zuerst noch Barbara Siebert und Lars Janssen, die sich in obszönen Posen vollkommen nackt auf einem weichen Liebeslager wälzten, so schlüpfte sie bald selbst, völlig mühelos, in die Rolle der Geliebten.

Seine gefühlvollen Hände streichelten zart über ihre aufgerichteten empfindsamen Knospen, um sich dann sehr zärtlich einen Weg abwärts, über ihre Rippenbögen und den Bereich um ihren Bauchnabel, bis hin zu ihrem bereits erregten Schoß, zu bahnen. Lina begann vor lustvoller Begierde zu zittern.

Da spreizte er sehr langsam ihre Schamlippen und begann ganz vorsichtig mit einer Streichelmassage. Er schien immer sofort zu erahnen, was sie brauchte. Mal übte er etwas mehr Druck aus, dann schob er sehr sacht eine Fingerspitze in ihre feuchte Öffnung.

Zwischendurch legte er kleine Pausen ein, die sie fast verrückt werden ließen. Währenddessen küsste er sie so ausgiebig, dass ihre Lippen zu quellen begannen und ihre Zunge schon beinahe wund war.

Sie fühlte nur wilde Leidenschaft und war vollkommen auf ihre Sinne fokussiert. Wellen der puren Lust durchpulsten sie in nie gekannter Intensität.

Ihre Beine begannen vor Erregung leicht zu zittern. Sie sehnte schon jetzt den Orgasmus herbei, obwohl Lars mit seinem prachtvollen Ständer noch nicht einmal in sie eingedrungen war.

Ganz relaxt drückte er nun seinen nackten Körper an ihre Seite. Sie spürte sofort sein stattliches erigiertes Glied an ihrer Hüfte.

Zwanghaft wanderte ihre Hand an diese Stelle und umschloss den Zauberstab mit zitternden Fingern. Oh, welch ein Hochgenuss, als er keuchend den Atem ausstieß! Wie seidig und warm sich seine Eichel anfühlte.

Barbara hatte ihn, ihren Tagebuchnotizen zufolge, bevorzugt geritten. Lina sehnte sich auch danach, endlich die Führung zu übernehmen!

„Komm, hocke dich über mein Gesicht!" Es war nur ein Flüstern, aber sie folgte ihm sofort. Breitbeinig, beide Knie zu Seiten seines Kopfes, hockte sie nun über ihm. Diese Stellung war intimer, als alles was sie je erlebt hatte.

Wie eine Blüte, die willig ihren Nektar darbietet, öffnete sie sich ihm. Lars stöhnte wieder, denn sie bearbeitete weiter sein strammes Glied.

Dann wurde es still, denn er hatte seine Zunge in ihr versenkt. Er war nun der flatternde Falter, der unnachgiebig den Nektar aus der reifen Blüte saugte. Minutenlang bereitete er ihr damit schier unerträgliches Vergnügen und trieb sie an den Rand des Wahnsinns.

Als er schließlich ihre Lustknospe mit den Lippen umschloss und sie auf diese Art liebkoste, konnte Lina den Höhepunkt nicht länger hinauszögern und kam in seinem Mund.

Nie hatte sie eine solch markerschütternde Eruption erlebt. Sie stieß grelle Lustschreie aus, während sie am ganzen Körper vibrierte.

Schweißgebadet erwachte Lina. Um sie her waberte undurchdringliche Dunkelheit. Im ersten Moment erlag sie der Versuchung, nach Lars' erotischem Körper zu tasten. Die letzten Zuckungen ihres Orgasmus verebbten gerade in wohliger Entspannung. Jetzt schämte sie sich ein wenig, einen solchen erotischen Traum gehabt zu haben.

„Daran ist nur dieses verfluchte Tagebuch schuld! Dr. Freud lässt grüßen!", sagte sie laut, knipste energisch die Nachttischlampe an, ging zur Toilette und stellte dann das Fenster auf Kippe. So drang die klare Nordseeluft in den Raum und brachte wenigstens äußerlich etwas Abkühlung.

Anschließend kuschelte sie sich wieder gemütlich in ihr Bett, dachte einen Moment verstört darüber nach, wie sie diesem Karatetrainer wohl jemals wieder unter die Augen treten könnte, und schlief dann glücklicherweise traumlos bis zum Morgen.

Das Verhör

Nach ihrer kurzen unruhigen Nacht erwachte Frau Eichhorn von lautem Vogelgezwitscher und fühlte sich nun ziemlich gerädert.

Es würde ein anstrengender Tag für sie werden. Sie konnte sich bei dem schwierigen Verhör des Verdächtigen keine Schwäche erlauben. Also zwang sie sich unter die Dusche und zu einem anständigen Frühstück. Wer wusste, wann sie wieder zum Essen kommen würde?

Bereits kurz nach acht Uhr tauchte sie im Revier auf, wo Kommissar Schumann schon an seinem Schreibtisch über die Tageszeitung gebeugt war. Neben ihm stand eine große Tasse von dieser ekligen süßen Kaffeebrühe.

Als Frau Eichhorn eintrat, legte er die Zeitung sofort zur Seite und hörte ihren Ausführungen aufmerksam zu. Sie zeigte ihm die betreffende Seite in dem Tagebuch. Von ihrem Besuch bei Lars Janssen und dem Brief an ihn, sagte sie vorsichtshalber nichts. Es hatte ja auch eigentlich mit den Ermittlungen nichts zu tun.

Schumann schloss sich sofort ihrer Auffassung an, dass der Hundehalter als Verdächtiger vernommen werden sollte. Außerdem mussten die Hunde einem Gentest unterzogen werden. Das Alibi des Mannes war ja eigentlich hinfällig, weil es niemand bestätigen konnte. Sollten seine Hunde Frau Siebert zu Fall gebracht und hinterher zerfleischt haben, würden sie ihm das mit ziemlicher Sicherheit nachweisen können. Ein Geständnis und eine Darlegung des genauen Tathergangs wäre aber eine willkommene Zugabe.

Schumann berichtete noch kurz über die Angelegenheit mit der Selbsttötung des Ehemannes. Er hatte durch diese Geschichte kein angenehmes Wochenende verlebt und jammerte ein wenig. Aber Lina sah keinerlei Anlass, den gestandenen Kollegen zu bedauern.

Als sie schon im Türrahmen stand und ihm den Rücken zuwandte, zuckte sie plötzlich erschreckt zusammen. Ein lauter Knall ließ ihr Herz rasen. Sie drehte sich entsetzt um und sah gerade noch, dass ihr Kollege mit einer großen gelben Fliegenklatsche einen ersten verirrten Brummer auf seinem Aktenberg erschlagen hatte. Er grinste sie breit und zufrieden an. Dann fegte er die kleine zermatschte Leiche achtlos auf den Fußboden, ohne an den widerlichen dunklen Fleck auf dem Aktendeckel einen Blick zu verschwenden.

Sie konnte nicht sagen, ob es der Schreck oder der Ekel war, der ihr eine unangenehme Gänsehaut über den Körper jagte, während sie schnellstens in ihrem kleinen Büro verschwand.

Sie trank ein Glas Wasser und ging dann die Akten nochmals durch, um beim Verhör später keine Fehler zu machen. Sie hoffte darauf, dass der Hundehalter sie nicht zu lange warten ließ. Notfalls musste sie ihn von Fokko Classen vorführen lassen, aber das würde ihr den Vorteil des Überraschungsmomentes nehmen. Bis jetzt ahnte der Mann ja nicht, dass er als Verdächtiger noch einmal vernommen werden müsste.

Plötzlich klopfte es. Ohne ein „Herein" abzuwarten riss jemand die Tür auf und tapste ins Zimmer. Es war ihr Kollege Schumann.

„Ach, sagen Sie mal, Frau Eichhorn, wie war doch gleich der Name des Hundebesitzers? Es gibt ja nicht so viele Leute, die gleich drei so große Hunde haben. Und da fiel mir ein Vetter meiner

Frau ein, der in der Nähe von Norddeich wohnt.“
Der Kommissar sah sie forschend an.

Sie guckte kurz in ihre Unterlagen und meinte
dann: „Der Mann heißt Menno Olltropp. Sagt
Ihnen der Name was?“

Schumann ließ sich auf einen Stuhl plumpsen,
und die Verzweiflung stand ihm ins Gesicht geschrieben.

„Aber Menno hat seine Hunde absolut gut erzo-
gen. Der kann doch damit unmöglich was zu tun
haben. Ich denke, wir müssen uns jetzt erst mal
die ganzen Hinweise aus der Bevölkerung vornehmen!“ Er stemmte sich mühsam vom Stuhl
hoch und krempelte tatsächlich seine Hemdsär-
mel auf, bevor er sich anschickte, Linas Büro
wieder zu verlassen.

„Halt, Herr Schumann!“, rief sie ihn sehr energisch zurück. Und er stand still wie ein ertappter
kleiner Junge.

„Wenn der Verdächtige ein Verwandter von Ihnen ist, sind Sie aus dem Fall raus! Mir ist wichtig, dass ich das Überraschungsmoment auf meiner Seite habe. Also, kein Wort an Ihre Frau oder
sonstige Verwandte! Ich gehe nämlich von einem
dringenden Tatverdacht aus und werde selbst-

verständlich in diese Richtung weiter ermitteln. Machen Sie mir bitte das Leben nicht schwer, und halten Sie gegenüber jedermann den Mund, was unsere Ermittlungen betrifft."

„Wie Sie meinen! Sie sind ja hier der Boss", murmelte er und schlich sich mit hängenden Schultern davon.

Das hatte Lina gerade noch gefehlt, dass der Verdächtige Verwandte bei der hiesigen Polizei hatte. Sie wollte den Fall jetzt so zügig aufklären, wie es nur irgendwie möglich war und da kamen ihr weitere Komplikationen überhaupt nicht gelegen. Hoffentlich hielt sich Schumann an die notwendige Schweigepflicht. Sie wusste, dass die meisten Kollegen gegenüber Familienmitgliedern hier und da ein Wort über ihre Fälle durchsickern ließen. Sie sprach ja auch vieles mit ihrem Vater durch, weil der als ehemaliger Ermittler manch guten Tipp für sie hatte.

Sie hätte ihren Vater jetzt gern gesprochen, konnte sich das aber nicht erlauben, weil sie telefonisch erreichbar bleiben musste.

Als der Apparat kurz darauf klingelte, war sie froh, dass sie die Leitung freigehalten hatte. Am anderen Ende war der Staatsanwalt, der sie nach dem Stand der Ermittlungen fragen wollte.

„Schön, dass Sie mich anrufen, Herr Dr. Gedeke", sagte sie ehrlich erfreut. „Ich stehe im Moment vor dem finalen Verhör eines dringend Tatverdächtigen. Er heißt Menno Olltropp und hält drei große Hunde, die für die Tat infrage kommen. Er wird heute noch aufs Revier kommen. Ich beabsichtige das Verhör persönlich zu führen, weil der Kollege Schumann leider mit dem Mann verwandt ist."

Der Staatsanwalt stellte noch einige Fragen, zeigte sich sichtlich zufrieden mit dem Stand der Ermittlungen und wünschte der Hauptkommissarin einen erfolgreichen angenehmen Tag.

Sie hoffte ebenfalls inständig, dass ihr alles gut gelänge, damit sie bald nach Oldenburg zurück könnte. Sobald der Fall abgeschlossen war, wollte sie einen längeren Urlaub nehmen, um ihren kranken Vater zu betreuen und vielleicht noch ein paar Wochen zu Ricardo in die Schweiz zu fahren. Sie hatten sich so lange nicht gesehen, dass sie an starken emotionalen Entzugserscheinungen litt. So erklärte sie sich auch ihre unkontrollierbaren geradezu explodierenden Gefühle für den Karatetrainer.

Bevor sie sich jedoch in ihren Gedanken an ihr Männerproblem verlieren konnte, erhielt sie eine kurze telefonische Information von dem wachhabenden Beamten, dass Menno Olltropp eingetroffen war.

Sogleich durchflutete Adrenalin ihren Körper. Jetzt war sie nur noch die leitende Ermittlerin der Sonderkommission, die den Tod von Barbara Siebert aufzuklären hatte. Sie erhob sich, strich ihr Haar zurück und begab sich mit energischen Schritten in den Vernehmungsraum.

Menno Olltropp hockte dort völlig entspannt auf einem Stuhl und sah die Hauptkommissarin belustigt an, als sie in den Raum rauschte. In seinem Mundwinkel steckte wieder das obligatorische Zigarillo.

„Ach, dürfen Sie das nun persönlich bearbeiten. Ich dachte, ich hätte es mit dem Chef hier zu tun. Den kenn ich nämlich gut, ist der Mann meiner Kusine", meinte er herablassend.

„Ihnen auch einen guten Tag, Herr Olltropp! Nein, Sie irren sich, in diesem Fall bin ich die Chefin. Und nun legen Sie mal die Kippe schön in diesen Aschenbecher! Hier ist Rauchverbot und ohne können Sie mir auch meine Fragen deutlicher beantworten", antwortete die Hauptkommissarin, ohne die geringsten Emotionen zu zeigen.

Der Verdächtige wirkte nun doch etwas verunsichert. Er legte das Zigarillo immerhin bereitwillig in den hingehaltenen Aschenbecher. Die Kriminalbeamtin stellte ihn sofort zur Seite, um den Inhalt später ins Labor zu schicken. Auch wenn sie sich nahezu sicher war, dass das Zigarillo vom Tatort auch von Olltropp stammte, musste der Beweis noch angetreten werden.

„Ich sollte hier lediglich das Protokoll meiner Aussage unterschreiben. Was wollen Sie denn jetzt noch von mir?" Sie hatte den Eindruck, dass Olltropp sehr genervt war.

„Es sind einige Ungereimtheiten aufgetreten. Also muss ich Ihnen noch ein paar Fragen stellen, auf die ich gern ehrliche Antworten hätte. Sollten Sie jedoch zu dem Eindruck gelangen, dass Sie sich durch Ihre Antworten selbst belasten, haben Sie natürlich das Recht zu schweigen, und einen Anwalt hinzuzuziehen. Diese Befragung wird auf Video aufgenommen. Das Material wird natürlich nur verwendet, wenn es für die Aufklärung des Falles relevant sein sollte."

Die Hauptkommissarin hatte in der Zwischenzeit dem Verdächtigen gegenüber Platz genommen und bedachte ihn mit einem eiskalten Blick, den sie nur bei solchen Verhören einsetzte.

„Wollen Sie mich hier vielleicht das Fürchten lehren? Ich komme mir ja fast vor, wie in einem schlechten Film. Was soll das Gequatsche von Anwalt und so? Ich bin hier nur, um das poplige Protokoll zu unterschreiben. Meine Hunde stehen draußen auf dem Parkplatz im Anhänger. Das geht nicht lange gut! Ist das hier vielleicht irgend so eine blöde Verwechslung? Holen Sie doch mal den Kommissar Schumann, der kann für mich bürgen", pöbelte der verdächtige Hundehalter und machte Anstalten, sich vom Stuhl zu erheben.

„Bleiben Sie sitzen, das ist hier kein Spaß! Ich werde jetzt mit der Befragung beginnen", stutzte Frau Eichhorn ihn zurecht.

Sofort nahm sie das Tagebuch zur Hand, und ohne auf sein irritiertes Grinsen zu achten, las sie die ihn und seine Hunde betreffende Eintragung vor. Je weiter die Hauptkommissarin las, umso mehr gefroren Olltropps spöttische Gesichtszüge zu einer Maske. Am Ende saß er wie versteinert vor ihr.

„Das ist eine Eintragung aus dem Tagebuch der verstorbenen Frau Siebert. Möchten Sie dazu etwas sagen?" Frau Eichhorn spürte, dass sie einen hervorragenden Schachzug gemacht hatte.

Vielleicht konnte sie den Verdächtigen in ein paar Zügen mattsetzen? Der saß jedoch nur wortlos da und starrte sie jetzt wütend an.

Dann brach es plötzlich aus ihm heraus: „Was soll dieser Quatsch überhaupt? Ich erinnere mich genau an den Vorfall. Das ist ein paar Wochen her, wenn nicht gar Monate. Und der alten Keife ist dabei kein Haar gekrümmt worden. Ich hab aber sehr genau gemerkt, dass die einen Hass auf Hunde hat, und sowas spüren die Tiere sofort. Trotzdem haben die ihr nichts getan. Ich hab die drei total gut im Griff, das habe ich Ihnen doch schon demonstriert."

„Herr Olltropp, Sie hatten ausgesagt, dass Sie am fraglichen Tag, nämlich dem Montag in der vergangenen Woche, nicht mit den Hunden in Norddeich unterwegs waren. Möchten Sie bei dieser Aussage bleiben? Oder ist Ihnen dazu noch etwas anderes eingefallen, was Sie eventuell ergänzen oder verändern wollen? Es bringt uns nur weiter, wenn Sie bei der Wahrheit bleiben, sonst können wir uns dieses ganze Theater hier wahrhaftig schenken", belehrte sie ihn in strengem Ton.

Er lachte kurz und diabolisch auf, dann antwortete er verbissen: „Ich hab dazu alles gesagt, an das ich mich erinnere. Und mir ist es nur recht, wenn das ganze Theater, bevor es zur Farce wird, ein Ende findet. Tippen können Sie ja sicher gut. Dann machen Sie mal hurtig mit dem Protokoll, damit ich hier heute noch mal rauskomme!"

„Herr Olltropp", erklärte sie nun mit der Stimme einer Mutter, die unendliche Geduld mit einem Kind hat. „Sie werden wissen was eine DNA-Bestimmung ist. Wenn nicht, kann ich Ihnen das auch gern erklären. Aber dann zieht sich das ganze noch mehr in die Länge."

Der Verdächtige wurde auf einmal unruhig. Lina beobachtete, dass in seinem unnahbaren Gesicht einige hektische rote Flecken erschienen.

„Worauf wollen Sie jetzt schon wieder hinaus? Ist das hier eine Ratesendung?", murmelte er vor sich hin.

„Im Gegenteil, wir wollen hier nach Möglichkeit alle Unklarheiten beseitigen und alle Rätsel auflösen. Sie müssten mir aber dabei nach Kräften behilflich sein", antwortete die Kriminalistin von oben herab. Sie fühlte sich dem Ende der Ermittlungen bereits sehr nahe.

Er lachte wieder böse.

„Was stellen Sie sich vor? Soll ich vielleicht Ihre Arbeit machen? Wenn Sie allein nicht klarkommen, lassen Sie sich doch von Schumann tatkräftig unterstützen. Der ist ein alter Hase im Geschäft und weiß genau, was er tut." Dann murmelte er etwas leiser vor sich hin: „Weiber!"

„Ich hab sie genau verstanden, Herr Olltropp. Ich bin weder taub, noch blöde. Und ich habe jetzt überhaupt keine Lust mehr auf Ihre dummen Spielchen! Wir haben DNA-Spuren von Ihren Hunden, am Tatort gefunden. Und in spätestens ein paar Tagen werden die Vergleichsproben untersucht sein. Dann werden wir den definitiven Beweis dafür erbringen, dass Ihre Hunde die Radfahrerin zerfleischt haben."

Dem Mann stand nun das blanke Entsetzen ins Gesicht geschrieben. Die Hauptkommissarin war bemüht, das Triumphieren in ihrer Stimme etwas zu unterdrücken.

„Was sagen Sie nun dazu? Möchten Sie nicht lieber ein Geständnis ablegen und den Tathergang aus Ihrer Sicht schildern? Oder wollen Sie von Ihrem Aussageverweigerungsrecht Gebrauch machen? Sie können auch gern einen Anwalt anrufen."

Lina schenkte sich ein Glas Wasser ein und nahm in aller Ruhe einen tiefen Schluck, während der Verdächtige sich in entsetztes Schweigen hüllte. Sie bot ihm ebenfalls ein Glas Wasser an, was er auch bereitwillig entgegen nahm.

Tiefe Stille breitete sich wie eine Gewitterwolke im Vernehmungsraum aus. Man meinte das Herannahen des Sturmes bereits zu fühlen. Aber Lina Eichhorn hielt die unangenehme Situation gelassen aus, solange sie dauerte. Ihr half in diesem Fall die Professionalität durch jahrelange kriminalistische Tätigkeit.

Menno Olltropp, der auf keinerlei Erfahrung in diesem Bereich zurückgreifen konnte, wurde abwechselnd von Angst und Wut geschüttelt. Es hielt ihn kaum auf seinem Stuhl, und er begann unruhig hin und her zu rutschen. Seine Kippe fehlte ihm. Nervös knibbelte er unter dem Tisch an seinen Fingernägeln, während sein Gehirn nach einem Ausweg aus der miesen Lage suchte, in der er sich offensichtlich befand.

„Ich will doch lieber einen Anwalt, bevor Sie mich hier einfach zum Verbrecher abstempeln", brachte der Verdächtige nach einer gefühlten Ewigkeit trotzig hervor.

„Gut, Herr Olltropp, Sie hätten sich vielleicht mit einem schnellen Geständnis einige Unannehmlichkeiten ersparen können, aber Sie dürfen das selbstverständlich frei entscheiden. Ich breche die Befragung hier vorläufig ab. Es kommt gleich ein Beamter, der Sie zum Telefon begleitet und ebenso zu der Probenentnahme für den DNA-Abgleich. Sie bleiben vorläufig in Gewahrsam. Ihre Hunde haben Sie ja schon mitgebracht. Das trifft sich sehr gut. Die werden anschließend erst einmal in Obhut genommen. Was später mit ihnen geschieht, werden die Ergebnisse zeigen. Ich verabschiede mich!" Die Hauptkommissarin verließ den Raum, nicht ohne den Aschenbecher mitzunehmen, und überhörte das laute Protestieren des Mannes.

In Ihrem Büro zurück, erledigte sie schnell die nötigen Telefonate, damit die DNA-Proben von den Hunden genommen werden und anschließend sämtliche Vergleichsproben, einschließlich des Zigarillos, schnellstens per Boten an das Polizeilabor geschickt werden konnten.

Das letzte Telefonat galt dem Staatsanwalt. Er ging mit ihr konform in der Beurteilung des Falles und war bereit, sowohl den Hundehalter, als auch seine Tiere bis zur Vorlage der Laborergebnisse in Gewahrsam nehmen zu lassen. Da der

Mann sich als derart uneinsichtig darstellte, war die mögliche Gefahr für die Bevölkerung nicht abzuschätzen, was eine solche Maßnahme nötig erscheinen ließ.

Die Hauptkommissarin war zufrieden. Sie würde ihre Zelte hier noch am selben Tag abbrechen. Der abschließende Bericht war schnell geschrieben. In Oldenburg war sie ja nicht aus der Welt und konnte gegebenenfalls sofort zurückkommen, wenn die Laborergebnisse eintrafen und ihre Anwesenheit erforderlich wurde.

Sie verließ das Büro, ohne sich bei irgendwem abzumelden, in Richtung Innenstadt. Gleich, als sie vom Marktplatz in die Osterstraße abbog, kam sie an einem schönen Café vorbei. Sie überlegte nicht lange und setzte sich für einen Latte Macchiato und zwei halbe Käsebrötchen an einen der freien Tische, die einen guten Blick auf die Einkaufsstraße zuließen.

Das Publikum wirkte gehoben, die einfacheren Leute gingen eher auf einen schnellen Kaffee zum Bäcker um die Ecke. Sie sah fast nur ältere Herrschaften, die sich zu zweit oder zu gemütlichen Grüppchen zusammengefunden hatten und leise Konversation betrieben. Keine lauten Lacher. Auch die Musik war klassisch und sehr dezent. Die Bedienungen wirkten sauber und adrett. Sie sprachen sehr freundlich und gedämpft, während die Perfektion ihrer Bewegungen sie als echte Fachkräfte auswies.

Lina lauschte entspannt den Klängen von Chopin, derweil sie sich gemütlich in ihren Sessel zurücklehnte und über das bunte Treiben der Einkaufsstraße blickte. Der Kaffee tat ihr gut. Die Körnerbrötchen waren frisch und knusprig. Sie fühlte eine wohlige Zufriedenheit in sich aufsteigen. Während die Frühlingssonne plötzlich aus den Wolken kroch und die Kleinstadtidylle in ihr goldenes Licht tauchte, war sie gar nicht mehr so erpicht darauf, hier schnellstens zu verschwinden.

Als sie das Café in jeder Hinsicht gestärkt verließ, wandte sie sich einfach weiter in Richtung der Fußgängerzone, statt zu ihrem geparkten Wagen zurückzukehren. Sie schlenderte ganz relaxt an den Geschäften vorbei, stöberte hier und da in den angepriesenen Schnäppchen und kaufte sich schließlich, als Belohnung für den abgeschlossenen Fall, eine traumhafte rote Seidenbluse.

Wechselbäder

Der Nachmittag war schon ziemlich weit fortgeschritten, als Lina in ihrer Pension ankam. Sie hatte spontan beschlossen, erst am nächsten Morgen nach dem üppigen Frühstück von Frau Eilers abzureisen und suchte gerade in ihren Sachen nach einem Badeanzug, als es an der Tür zu ihrem Appartement klopfte.

Sie vermutete, dass es ihre Vermieterin war, die irgendetwas wegen der bevorstehenden Abreise klären wollte, und öffnete ohne Argwohn die Tür. Vor ihr stand jedoch Fokko Claassen mit hochrotem Gesicht und hektischem Blick.

„Was ist passiert?", rief die Hauptkommissarin entsetzt, noch bevor er es geschafft hatte, den Mund zu öffnen. Sie zog ihn am Ärmel seiner Uniform ins Zimmer und schloss vorsichtshalber die Tür hinter ihm.

Er holte tief Luft und antwortete ihr endlich: „Wir haben Sie überall gesucht, Frau Eichhorn.

Sie waren ja spurlos verschwunden, und ich musste mit dem ganzen Mist allein klarkommen, weil Schumann immer nur gesagt hat, er sei aus der Sache raus." Der junge Polizist ließ sich auf einen Stuhl fallen und verbarg das Gesicht in beiden Händen. Lina befürchtete, dass er einen Weinkrampf bekäme und rüttelte ihn unsanft an der Schulter.

„Nun erzählen Sie doch erst mal der Reihe nach. Die Welt wird doch wohl nicht untergehen, nur weil ich mir mal eine kleine Pause gönne", meinte sie beruhigend, derweil ihr schlechtes Gewissen sie plagte. Denn ihr Diensthandy lag ausgeschaltet im Auto.

„Oh, es war fast noch schlimmer. Ich bin wirklich froh, dass ich noch lebe. Ich sag Ihnen – diese verdammten Köter..." Claassen räusperte sich und schnäuzte sich dann mehrfach die Nase.

Lina Eichhorn fühlte sich auf die Folter gespannt. Aber immerhin wusste sie nun, dass der Besuch des Polizisten mit dem Fall zu tun hatte und nicht etwa mit ihrem kranken Vater.

„Wir hatten die Viecher ja ins Tierheim gebracht, und dort wollte der Tierarzt die Proben nehmen. Ich sag Ihnen die Biester waren sowas von wild. Wir mussten sie erst mal trennen, und dann hat

186

der größte trotzdem unseren Tierarzt angefallen. Ich musste ihn erschießen." Er fiel wieder in sich zusammen wie ein Häufchen Elend.

„Was? Sie haben doch nicht den Tierarzt erschossen?", fragte Lina höchst verwirrt, weil der junge Mann so verzweifelt wirkte.

Nun grinste der Polizeibeamte unsicher. „Natürlich nicht den Arzt, selbstverständlich die Bestie. Die wollte uns allen an die Gurgel. Wir haben dann den Kadaver gleich ganz der Pathologie überstellt. Dann können die dort gute Beweise finden, denke ich. Der Doktor ist aber ziemlich verletzt. Gut, dass er die anderen Proben schon vorher genommen hatte."

„Na, dann ist Ihnen ja glücklicherweise wenigstens nichts passiert", versuchte sie ihn etwas zu beruhigen, weil er sie an eine aufgedrehte Spieluhr erinnerte.

„Nun, wenn Sie das *nichts* nennen! Ich hatte Todesangst und hab ein Lebewesen auf dem Gewissen", sinnierte er. Dann sah er die Hauptkommissarin jedoch mit klarem Blick an und sagte mit Inbrunst: „Aber das schwarze Biest hatte den Tod verdient!"

„Ja, vielleicht ist das so. Dennoch sagt mein Vater immer, dass ein Tier eben nach seinen Instinkten handelt und gar nicht anders kann. Die Tierhalter sind meistens für solche Abartigkeiten verantwortlich." Sie unterbrach sich plötzlich und fragte: „Ist dieser Olltropp noch in Gewahrsam. Oder gibt's da auch ne Katastrophe zu melden?"

„Nee, soviel ich weiß, sitzt der brav ein. Nur sein Anwalt, das ist der Pelzer aus Aurich, wollte Sie dringend sprechen. Er hat dann den Staatsanwalt angerufen, wie Schumann mir sagte", antwortete der Polizist.

„Ja, gut! Das tut mir leid, dass Sie mit der ganzen Angelegenheit allein da standen. Sie haben sich aber im Rahmen der Möglichkeiten richtig verhalten. Und den Staatsanwalt Gedeke werde ich sofort kontaktieren. Vielen Dank für Ihre Hilfe, Herr Claassen. Und nun fahren Sie mal schnell nach Hause und machen Feierabend!" Sie zog ihn förmlich vom Stuhl hoch, schüttelte ihm dankbar die Hand und war froh, als sie die Tür endlich hinter ihm schließen konnte.

Innerlich ließ sie die Szene im Tierheim mehrfach Revue passieren und kam zu dem Schluss, dass da ein paar Dilettanten am Werk gewesen sein mussten. Immerhin waren die Hunde ja vorher als gefährlich eingestuft worden.

Sie stoppte den peinlichen Film vor ihrem geistigen Auge und wandte sich energisch dem Telefon zu.

Der Staatsanwalt wirkte erfreut, ihre Stimme zu hören und teilte ihr mit, dass der Anwalt des Beschuldigten um einen Termin gebeten habe.

„Da Sie nicht erreichbar waren, habe ich eigenmächtig den Termin auf zehn Uhr morgen Vormittag gelegt. Ich werde dafür nach Norden kommen. Dann können wir alles weitere persönlich klären. Ich hoffe, das ist Ihnen recht, Frau Eichhorn?" Als Lina bestätigte, fuhr er fort: „Ich vermute, Pelzer will seinen Mandanten erst mal aus dem Gewahrsam haben. Vielleicht kommt er uns dafür mit einer brauchbaren Aussage entgegen. Ich kenne den guten Mann. Das ist seine übliche Strategie und vielleicht nicht die schlechteste für alle Beteiligten."

Er wünschte ihr noch einen angenehmen Abend und verabschiedete sich außerordentlich liebenswürdig von ihr.

Lina sah nun dem nächsten Tag mit angespannter Erwartung entgegen. Der Staatsanwalt war ihr sympathisch. Das war eine gute Voraussetzung, um die Sache morgen endlich zum Abschluss zu bringen. Für sie gab es im Moment nichts zu tun, deshalb wandte sie sich wieder ihrem Koffer zu und kramte nach den Badesachen.

Norddeich hatte ein weithin bekanntes Wellnessbad mit Meerwasser und halbstündlichem Wellengang. Sie würde es, an diesem ihrem voraussichtlich letzten Abend hier, noch kennenlernen und danach hoffentlich schlafen wie ein Baby.

Eine Stunde später schaukelte sie traumverloren auf sanften Wellen zwischen wenigen anderen Badegästen, die ihren Weg hierher gefunden hatten. Es kam ihr sehr entgegen, dass die Sommersaison noch nicht wirklich begonnen hatte, und es hier derart ruhig und friedlich war, als wäre es ihr Privatbad.

Sie konnte alle Angebote nutzen, ohne irgendwo auf Menschenmassen zu stoßen. Es gab mehrere Whirlpools, eine anheimelnde Dampfsauna mit einem nachempfundenen Sternenhimmel und überall in den verschiedenen Becken Massagedüsen bzw. Gegenstromanlagen.

Als die Wellen verebbten begab sie sich in eine Grotte, die hinter einem Wasserfall verborgen war, und ließ sich von einem Wasserstrahl tüchtig durchkneten. Anschließend schwitzte sie ein bisschen in der Dampfsauna und kühlte sich hinterher im wohltemperierten Freiluftbecken ab. Die Zeit verflog so geschwind, dass sie es bedauerte, als die letzte Viertelstunde anbrach, und sie sich in die Duschen und danach zum Ankleiden begeben musste.

Lina verließ das Bad in Hochstimmung und kehrte noch auf einen kleinen Happen und einen Absacker in ein gemütliches Restaurant ein, das auf ihrem Weg lag.

Als sie unter einem unvergleichlichen klaren Sternenhimmel schließlich ihre Unterkunft erreichte, war sie rechtschaffen müde und fiel sofort wie ein Stein ins Bett.

Die Anwälte

Am nächsten Morgen fuhr Frau Eichhorn eine Stunde früher zu dem Termin, um für sie alle Kaffee zu organisieren. Sie traf auf eine nette junge Polizistin, die sich gerade in der Kaffeeküche zu schaffen machte, und ließ sich alles erklären. Die Kaffeemaschine war modern und funktionierte einwandfrei, warum Schumann sie nicht benutzte, war ihr schleierhaft. Sie steckte großzügig einen Schein in die vorhandene Kaffeekasse und erntete dafür von der Kollegin ein entzückendes Lächeln.

„Dafür können Sie aber eine Menge Kaffee machen", meinte sie schmunzelnd. „Wird das heute eine größere Veranstaltung? Dann können Sie gerne die Isolierkanne benutzen."

„Ja, ich denke, dass wir bei der Befragung im Beisein der Anwälte einiges an Koffein benötigen werden", lachte Lina zurück.

Sie stellte die Maschine an, um den Kaffee vorzubereiten und suchte einige saubere Tassen aus dem Schrank. Die junge Frau gab ihr noch ein Tablett und stellte Milch und Zucker darauf. Dann nahm sie ihren vollen Kaffeebecher, mit der Aufschrift *„Wenn Männer schön und klug wären, wären sie Frauen!"*, und verschwand leise summend in ihr Büro.

Die Hauptkommissarin balancierte das Kaffeetablett vorsichtig in den Vernehmungsraum. Dort wirkte die Luft etwas abgestanden, deshalb ließ sie die Tür geöffnet.

Staatsanwalt Dr. Gedeke traf eine Viertelstunde vor dem Termin ein. Sie sah ihn durch die geöffnete Tür in seinem dunklen Anzug den Gang entlang schlendern. Er war ein schlanker hochgewachsener Mann um die Fünfzig mit einer kleinen runden Brille, die nicht so recht zu ihm passen wollte. Sein Haar war schon stellenweise ergraut und zu einem dichten Bürstenschnitt frisiert, der Lina an einen Rauhaardackel erinnerte. Er lächelte sehr charmant und zeigte dabei sein tadeloses Gebiss.

„Oh, Frau Eichhorn, dass ist schön, Sie so pünktlich zu sehen. Dann können wir kurz noch ein paar Dinge klären. Wir sollten vor allem unsere

Strategie absprechen, bevor der Anwalt auftaucht", sagte er, während er ihre Hand etwas zu lange in der seinen hielt und verschwörerisch lächelte.

Sie hatten nicht sehr viel Zeit etwas zu besprechen, denn Dr. Pelzer erschien fünf Minuten später. Er trat selbstbewusst durch die noch offene Tür und knallte seinen Aktenkoffer mit einem gekonnten Schwung auf den Tisch, sodass Lina erschreckt zusammenzuckte.

„Moin, die Herrschaften!", rief er fröhlich und ließ seinen kleinen stämmigen Körper auf einen der Stühle sinken. Dann strich er sich das schüttere dunkelblonde Haar aus der Stirn und blickte mit kleinen schwarzen Igelaugen auf die Hauptkommissarin, als wollte er ihre geheimsten Gedanken lesen.

Sie reichte ihm selbstsicher die Hand und stellte sich vor, dann gab sie Anweisung, dass der Verdächtige hereingeführt werden sollte.

Menno Olltropp schien sehr verändert. Entweder hatte die Nacht im Polizeigewahrsam oder das gestrige Gespräch mit seinem Anwalt dies bewirkt. Er versuchte offensichtlich einen positiven Eindruck zu hinterlassen.

Lina Eichhorn konnte er damit nicht täuschen. Sie hoffte, dass der Staatsanwalt sich bereits das Vernehmungsvideo angesehen hatte, damit er auf das Gesäusel des Mannes nicht hereinfiel.

„Mein Mandant hatte reichlich Zeit zum Nachdenken, und er möchte sich nun gern kooperativ zeigen, um noch heute aus dem Polizeigewahrsam entlassen zu werden. Der Mann ist bisher unbescholten, und es besteht keine Fluchtgefahr. Ohne seine geliebten Tiere würde Herr Olltropp sowieso nirgendwo hingehen. Außerdem, und darüber dürften wir uns wohl einig sein, Herr Dr. Gedeke, steht ihm ja keine Mordanklage ins Haus." Der Anwalt blickte den Staatsanwalt verschwörerisch an, als wäre es einer seiner ältesten Kumpel.

„Bis jetzt haben wir keinerlei klärende Aussage von Herrn Olltropp, also sollte er bis zur Abklärung des DNA-Vergleichs in Gewahrsam bleiben. Wenn er allerdings etwas Konstruktives aussagen möchte, könnte er unter Umständen bis zum Prozess auf freien Fuß gesetzt werden", antwortete Frau Eichhorn an Gedekes Stelle, der sich weitgehend im Hintergrund halten wollte.

„Ich habe mich besonnen und möchte meine Aussage von vergangener Woche dahingehend ändern, dass ich tatsächlich am besagten Montagmorgen mit meinen Hunden in Norddeich gelaufen bin", sagte der Verdächtige mit leiser Stimme und gesenktem Blick. Er malträtierte unter dem Tisch wieder seine Fingernägel.

„So, das ist doch mal ein Ansatz, Herr Olltropp! Dann erklären Sie uns nun doch bitte, was an dem besagten Tag tatsächlich passiert ist. Ihr Anwalt wird Ihnen wahrscheinlich erklärt haben, was von Ihrer Aussage abhängt, und dass Sie bei der Wahrheit bleiben sollten." Die Kriminalistin legte beide Hände nebeneinander auf den Tisch und betrachtete interessiert ihre einwandfrei lackierten Fingernägel, während Olltropp erst einmal schweigend seine Aussage innerlich vorzubereiten schien.

„Ich ließ die Hunde frei laufen, da sie täglich ausreichend Bewegung benötigen. Die Gegend ist weitgehend menschenleer um diese Jahreszeit. Eine Frau auf dem Fahrrad habe ich allerdings nicht gesehen. Auf einmal rannten die Hunde los, wie von einem Bienenschwarm verfolgt. Ich dachte, dass sie eine Maus oder eine Bisamratte gewittert hätten und hab wohl nicht schnell genug geschaltet. Als sie nicht gleich zurückkamen und über den Deich aus meinem Blickwinkel verschwunden blieben, rief ich sie natürlich mit der

Hundepfeife. Wie immer gehorchten sie sofort und wir liefen nach Hause. Eine Radfahrerin hatte ich, wie gesagt, nirgends gesehen." Er hob den Blick und sah seinen Anwalt an, als wolle er von ihm eine Bestätigung haben, dass er seine Aussage richtig formuliert hatte.

Dr. Pelzer blickte jedoch eher desinteressiert in die Papiere, die er vor sich auf dem Tisch ausgebreitet hatte.

Die Hauptkommissarin durchschaute jetzt die Strategie des Verdächtigen beziehungsweise seines Rechtsanwaltes. Es sollte nichts zugegeben werden, was die Kripo nicht bereits wusste.

„Herr Olltropp, Sie wollen uns nicht allen Ernstes erzählen, dass Sie überhaupt nicht mitbekommen haben, dass Ihre Hunde am Deich eine Radfahrerin anfielen und zu Tode brachten? Die Tiere müssen doch mit dem Blut der Frau besudelt gewesen sein. Wie wollen Sie uns das denn erklären?", fragte Frau Eichhorn streng.

„Ich kann mich daran nicht erinnern. Mir ist nichts besonderes an den Hunden aufgefallen. Schmutzig sind sie natürlich bei diesem Wetter immer, wenn wir draußen waren", antwortete der Hundehalter selbstbewusst und nahm einen Schluck Kaffee.

Lina schenkte sich jetzt auch äußerlich ruhig eine Tasse Kaffee ein, tat etwas Milch hinzu und rührte in aller Gelassenheit um, bevor sie einen kräftigen Schluck nahm und sich im Stuhl zurücklehnte.

Sie bedachte den Verdächtigen mit einem ironischen Blick und meinte: „Ach, und für diese Aussage möchten Sie nun aus dem Gewahrsam entlassen werden, Herr Olltropp? Was meinen Sie denn, was der Herr Staatsanwalt dazu sagen wird?"

Nun schaltete sich Dr. Pelzer mit energischer Stimme ein: „Frau Hauptkommissarin, setzen Sie meinen Mandanten bitte nicht unter Druck, etwas zu gestehen, was er gar nicht getan hat! Wir haben Ihnen eine wahrheitsgemäße Aussage versprochen, und die haben Sie nun. Es gibt keinen Grund, Herrn Olltropp jetzt noch länger festzuhalten."

Dr. Gedeke sah sie etwas hilflos an und zuckte die Schultern.

Das wurde der Kriminalistin dann doch langsam zu bunt. Sie beschloss, ihr Ass aus dem Ärmel zu ziehen: „So, das ist also die ganze Wahrheit? Wie erklären Sie uns dann, dass wir direkt neben der zerfleischten Frau ein Zigarillo gefunden haben?"

Sie machte eine kleine Pause, während der sie es genoss, die verstörten Gesichter des Beschuldigten und seines Anwaltes zu betrachten. „Über DNA-Analysen brauche ich jetzt sicher nicht mehr zu referieren", fügte sie mit einem amüsierten Seitenblick auf den Staatsanwalt hinzu.

Nun verlangte Dr. Pelzer verärgert, seinen Mandanten für einen Augenblick allein sprechen zu dürfen. Was ihm bereitwillig gewährt wurde.

Auch Frau Eichhorn und Dr. Gedeke tauschten sich noch kurz aus. Der Staatsanwalt zeigte sich mit dem Verlauf der Befragung sehr zufrieden. Er hoffte nun auf ein Geständnis des Beschuldigten.

Als Dr. Pelzer und Menno Olltropp den Raum in Begleitung eines Polizisten wieder betraten, blickte der eine höchst ernst und der andere sehr verunsichert auf den Staatsanwalt.

Dieser meinte ohne jegliche Emotionen: „So, dann werden wir wohl jetzt endlich die ganze Wahrheit erfahren!"

Der Anwalt legte Olltropp beruhigend seine Hand auf die Schulter, und der begann mit belegter Stimme zu sprechen: „Als ich die Hunde nicht mehr sehen konnte und einen Schrei hörte, lief ich den Deich hinauf, so schnell es mir möglich war. Ich vernahm keinen Laut mehr, und vermutete deshalb, dass die Tiere eine Spaziergängerin gestellt hatten und nun anknurrten, damit sie sich nicht von der Stelle rührte. Was ich dann jedoch sah, hat mich sehr schockiert. Die Hunde hockten über der Frau und versuchten Stücke aus ihrem Fleisch zu reißen. Sie wirkten wie wilde Wölfe in einem Blutrausch. Sie reagierten nicht auf die Hundepfeife. Ich erkannte meine eigenen Tiere nicht wieder und hatte große Mühe, sie von ihrer blutigen Beute loszureißen." Er machte eine Pause und nahm wieder einen Schluck Kaffee. Seine Hände zitterten.

„Warum haben Sie keine Hilfe geholt, sondern sind einfach so verschwunden?", wollte die Hauptkommissarin wissen.

„Die Hunde waren außer sich. Ich musste sie so schnell und so weit wie möglich von dem Ort wegschaffen. Es hat mich all meine Energie gekostet, das können Sie mir glauben", erklärte er und sah die beiden Juristen Zustimmung heischend an.

„Sie haben nicht einmal den Versuch gemacht, Hilfe zu holen? Haben Sie noch nie etwas von unterlassener Hilfeleistung gehört?", fragte jetzt der Staatsanwalt.

„Nun setzen Sie meinen Mandanten mal nicht wieder unter Druck, Herr Dr. Gedeke. Er hat gesehen, dass die arme Frau tot war. Schließlich war mein Mandant jahrelang als Schlachter tätig und kennt sich mit der Beförderung vom Leben zum Tod reiflich aus", meldete sich der Anwalt zu Wort.

„Ja, ich hab sofort gesehen, dass da nichts mehr zu machen war, schon an ihren Augen", bestätigte der Hundehalter eiligst.

„Möchten Sie Ihrer Aussage noch etwas hinzufügen, oder ist sie nun endlich vollständig?", fragte Lina, denn ihr ging die Schilderung der Umstände unter denen Barbara Siebert zu Tode gekommen war, an die Nieren. Sie wollte die Angelegenheit nun endlich hinter sich bringen.

„Das ist alles, was mein Mandant dazu aussagen möchte. Und wir bitten darum, ihn noch heute auf freien Fuß zu setzen. Außerdem möchte Herr Olltropp seine Hunde regelmäßig besuchen, damit sie sich nicht von ihm entwöhnen", forderte der Anwalt mit einem Lächeln, das nur aus dem Hochziehen der Mundwinkel bestand.

„Frau Eichhorn und ich werden uns einen Moment beraten. Dann entscheide ich über die Angelegenheit", erwiderte der Staatsanwalt so kühl, dass es Lina fröstelte und ging mit ihr hinaus in das kleine Büro, welches ihr im Augenblick noch zur Verfügung stand.

Sie freute sich sehr, dass der Staatsanwalt sie auf diese direkte Art in seine Entscheidung einbezog. Es war ihnen beiden klar, dass der Mann nicht wegen Mordes angeklagt werden konnte. Vielleicht würde das spätere Urteil nicht einmal auf Totschlag lauten. Aber Lina hatte jedenfalls ihr bestes gegeben, den Fall aufzuklären und die gefährlichen Hunde aus dem Verkehr zu ziehen. Dass der Hundehalter, der im Grunde an der ganzen Sache die Schuld trug, nun erst einmal wieder auf freien Fuß kam, ließ sich nicht vermeiden, da er geständig war.

Das endgültige Urteil würde auf sich warten lassen. Die Gerichte hatten reichlich zu tun. Und ob es im Endeffekt Gerechtigkeit geben würde, war niemals sicher. Die Tote würde so oder so nicht mehr lebendig.

Wieder einmal war das Leben einer Familie brutal zerstört worden. Die Hauptkommissarin hoffte inständig, dass wenigstens die Kinder der Toten bei ihrer Tante in Bremen ein neues Leben beginnen konnten.

Lina regelte im Büro die letzten Angelegenheiten und packte nun endgültig ihre Sachen zusammen. Es schien nicht mehr erforderlich, dass sie nochmal aus Oldenburg nach Norden zurückkam. Wahrscheinlich würde sie bei dem Prozess vor Gericht erscheinen müssen, aber das war noch Monate hin und würde keinesfalls in Norden verhandelt werden.

Eine gewisse Wehmut stellte sich ein und sie beschloss, einen Stopp im Fitnesscenter einzulegen. Sie hatte eine Zehnerkarte gekauft und beabsichtigte wenigstens noch eine Trainingsrunde zu absolvieren, bevor sie definitiv nach Hause fuhr.

Sie hörte Ulli schon von weitem überzogen kichern. Die war heute kräftig geschminkt und hatte das Haar zu einer beinahe kunstvollen Flechtfrisur hochgestylt. Ihre enganliegenden Klamotten zeigten viel von dem üppigen Busen und betonten die breiten Hüften.

„Ich freu mich wirklich, dass du einspringen konntest, Lars-Schatzi. Der Alex kommt so gegen Mittag, dann hast du keine Schwierigkeiten mit deinem Termin. Ich werde gleich abgeholt. Ich glaub, er kommt schon." Sie flatterte ohne ein einziges Wort an Lina vorbei direkt in die Arme eines riesigen schwarzen Burschen, der noch ziemlich jung wirkte und sie mühelos auf seinen Armen durch die Luft wirbelte. Dann waren die beiden auch schon verschwunden.

Lina sah sich Lars gegenüber, der gerade die Kaffeemaschine in Gang gesetzt hatte, die jetzt hinter ihm laut blubberte.

Sie begrüßten einander etwas verstört. Keiner von beiden hatte erwartet, dem anderen hier zu begegnen. Vermutlich traf das aber auf Lina nicht wirklich zu. Hatte sie den Weg ins Fitnesscenter vielleicht unterbewusst nur gesucht, um ihn ein letztes Mal zu sehen?

„Was führt dich hierher, Lina? Gibt's was Neues in deinem Fall?", fragte Lars gerade heraus.

„Eigentlich wollte ich trainieren. Der Fall ist abgeschlossen. Wir haben ein Geständnis von dem Hundehalter und den Rest erledigt das Gericht", erklärte sie und rutschte auf einen der Barhocker, die um den Tresen standen.

„Na, hoffentlich wird der Kerl auch verknackt. Man hört ja zu oft, dass die Täter ungeschoren davon kommen. Manchmal liegt das nur an irgendwelchen Verfahrensfehlern. Da zweifelt man an Recht und Gesetz. Na, Babsy macht das sowieso nicht wieder lebendig", meinte Lars und fragte dann: „Magste auch 'nen Kaffee?"

„Bist du heute hier das Mädchen für alles?", frotzelte Lina.

Dann saßen sie sich eine ganze Weile gegenüber und tranken Kaffee. Das Fitnesscenter war vollkommen leer. Sie unterhielten sich über dies und das und vergaßen dabei die Zeit. Schließlich stimmte Wombat auf seiner Decke ein durchdringendes Geheul an.

„Ach der bekommt jetzt wieder seine tollen fünf Minuten. Meistens stellt er sich so an, wenn ich beim Gassigehen stehen bleibe, um mich mit jemandem zu unterhalten. Ich kann ihm das einfach nicht abgewöhnen. Ja, man weiß bei diesen Straßenkötern nie, was sie alles geprägt hat", erklärte Lars und ging zu dem Hund, um ihn zu beruhigen.

Lina sah derweil auf ihre Armbanduhr und stellte entsetzt fest, dass es fast Mittag war. Sie rutschte vom Barhocker und stieß beinahe mit Lars zusammen, der unbemerkt auf sie zugegangen war. Da standen sie nun, Auge in Auge, hautnah beieinander.

Während Lars sie plötzlich voller Leidenschaft küsste, verlor sie völlig die Kontrolle, drängte sich an ihn und berauschte sich an seinen weichen warmen Lippen. Sie öffnete sich bereitwillig seinem drängenden Kuss, der endlos zu dauern schien und doch leider irgendwann zu Ende gehen musste. Lina verabschiedete sich schließlich überstürzt mit weichen Knien und einem Zettel mit seiner Telefonnummer in der zittrigen Hand.

Als sie schon auf der Autobahn in Richtung Oldenburg fuhr, hatte sie sich noch nicht richtig gefangen. Der Kuss schien mit brachialer Gewalt ihr Leben verändern zu wollen. Er rüttelte mit Macht an allem, was ihr bisher von Bedeutung erschienen war.

Plötzlich wirkte die Zukunft wieder vollkommen offen und voller möglicher Abenteuer. Gleichzeitig prickelte die Angst vor dem Neuen, dem Unbekannten, in ihrer Magengegend.

Sie wusste, dass eine wichtige Entscheidung auf sie zukommen würde. Aber Entscheidungsmöglichkeiten bedeuten auch persönliche Freiheit, und deshalb konnte sie im Grunde ihres Herzens nur glücklich sein.

Ende

Epilog

Alle Personen in diesem Roman sind fiktiv und ihre Namen frei erfunden. Auch die Handlung ist selbstverständlich so nie passiert. Jegliche Ähnlichkeit mit lebenden Personen oder tatsächlichen Begebenheiten wäre rein zufällig und ist von mir nicht beabsichtigt.

Dieser Kriminalroman ist der letzte einer Trilogie.

Zu der Reihe gehören:

1. Die Frau des Quacksalbers
2. Die Deichhexe
3. Hundeverbot

radtour

kleine freiheit

vogelgleich

wind in den haaren

sonne im gesicht

kraftvolles treten

leichtes rollen

elegantes kurven

weite landschaft

tellerflach

tiere auf den weiden

korn auf den feldern

leuchtende blumen

blühendes grün

unerreichbarer horizont

hoher himmel

glasklar

möwen in der luft

sonnenschein im blau

bauschige wolken

zwitschernde vögel

gleißendes lichtspiel

kurze pause

quicklebendig

füße im gras

tee aus der flasche

krümelige kekse

saftiges obst

prickelndes dasein

Marion Scheer (lyrische Nordseeimpressionen)

Danksagung

Mein herzlicher Dank richtet sich besonders an meine Familie, die mein Hobby seit Jahren geduldig erträgt und mir ihre Unterstützung ständig in vielerlei Form zukommen lässt.

Marion Scheer